SuperFRISSONS 4

SOS

TOME 1 LE PREMIER
BAISER

Dans la collection *Super FRISSONS*

SUPER FRISSONS 4

TOME 1 SOS LE PREMIER BAISER

Nicole Davidson

Traduit de l'anglais par
LOUISE BINETTE

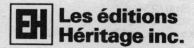

EH Les éditions
Héritage inc.

Données de catalogage avant publication (Canada)

Davidson, Nicole

Le permier baiser

(Super Frissons ; 4)
Traduction de: First Kiss.
Pour les jeunes.

ISBN 2-7625-8626-7

I. Binette, Louise. II. Titre. III. Collection.

PZ23.D278Pr 1997   j813'.54   C97-940439-8

Final Cruise — volume I — First Kiss
Copyright © 1995 Kathryn Jensen
Publié par Avon Books

Version française
© Les éditions Héritage inc. 1997
Tous droits réservés

Photographie de la couverture : Isabelle Lapierre et Julie Lanctôt,
étudiantes au Collège Dawson
Modèle : Julie, Agence Girafe
Conception graphique de la couverture : Denis Saint-Laurent
Mise en page : Jean-Marc Gélineau

Dépôts légaux : 2e trimestre 1997
Bibliothèque nationale du Québec
Bibliothèque nationale du Canada

ISBN : 2-7625-8626-7   Imprimé au Canada

LES ÉDITIONS HÉRITAGE INC.
300, rue Arran, Saint-Lambert (Québec) J4R IK5
Téléphone: (514) 875-0327
Télécopieur: (514) 672-5448
Courrier électronique : heritage@mlink.net

FRISSONS® est une marque de commerce des éditions Héritage inc.

*Je dédie cette trilogie
à mes merveilleux lecteurs.*

*Sans vous, je n'écrirais pas.
Merci pour vos lettres et votre amour !*

Nicole Davidson

Prologue

La valise ouverte repose sur le lit. Il ne reste plus que les armes à y mettre.

De l'autre côté de la chambre sombre, une silhouette s'avance vers la valise de cuir ocre et effleure la photographie posée sur la pile de shorts, de t-shirts et de maillots de bain soigneusement pliés. Le visage sur le portrait rayonne de joie. Son sourire radieux et la lueur familière qui brille dans ses yeux évoquent tant de beaux souvenirs... Mais la tristesse accablante revient vite.

— Pourquoi a-t-il fallu que tu partes ? demande une voix étranglée. Je t'aimais. On était si heureux !

La photo ne répond pas, bien sûr.

« Pendant tout ce temps, j'ai tenu bon, songe la personne qui enfouit avec précaution la photo sous un chandail molletonné. J'ai dû me retenir longtemps pour ne pas te laisser voir à quel point j'étais triste, car tu aurais désapprouvé ma conduite. Mais je vais te montrer que je te suis toujours fidèle. Tu verras que mon amour pour toi est inébranlable. »

Des doigts tremblants s'emparent d'un couteau au manche en bois et à la longue lame luisante, du type qu'on utilise pour hacher des légumes.

Un index effleure doucement la lame. La peau se sépare peu à peu, dévoilant la chair blanche avant que le sang n'afflue et ne se mette à couler dans la paume de la main et sur le poignet de la personne.

Cette dernière recule vivement pour éviter que les gouttelettes écarlates ne tombent sur le couvre-lit ou, pire encore, sur les vêtements immaculés empilés dans la valise.

Ses lèvres tendues se tordent en un sourire satisfait.

— Parfait. Il est bien aiguisé.

Le couteau est essuyé à l'aide d'un mouchoir en papier, puis placé sous un short bleu marine.

Au tour de la fiole de poudre blanche, maintenant. Voilà qui pose un problème, car les douaniers pourraient la trouver suspecte. Comme ils veulent empêcher à tout prix le trafic de drogue sur l'île, ils ne manqueront pas de s'intéresser à un petit contenant de plastique ambré rempli d'une substance semblable à de la cocaïne ou à de l'héroïne. Comment cacher le poison, alors ?

La personne réfléchit pendant un moment, complètement absorbée par la question, puis sort promptement de la pièce. Elle revient deux minutes plus tard, un poudrier à la main. Le boîtier en écaille contient de la poudre libre et une houppette est accrochée au couvercle. Ça fera parfaitement l'affaire.

Moins d'une minute plus tard, la poudre a été remplacée par l'arsenic. Un sourire se dessine sur les lèvres du sujet. Voilà qui devrait faciliter les choses.

Et maintenant ? Ah oui ! La chaîne en or. Elle pourra s'avérer utile si le moment est favorable. De plus, elle n'éveillera pas les soupçons. Ce genre de chaîne courte à gros maillons peut être portée aussi bien par les hommes que par les femmes.

Par contre, il est hors de question d'apporter quelque arme ou munition que ce soit. Ces temps-ci, les services de sécurité sont obsédés par l'éventualité d'un acte de terrorisme. À l'aéroport, on fouillera sûrement les bagages et on les passera aux rayons X et aux détecteurs de métaux...

Les rayons X ! Le couteau sera certainement détecté ! Et il n'y a aucune raison logique d'apporter un tel objet en avion ou en bateau !

À contrecœur, une main plonge dans la valise pour en retirer le couteau. Peu importe, après tout. Les cuisines d'un paquebot aussi grand que le *Mystique*, avec plus de 1 700 passagers et 700 membres d'équipage à bord, possèdent sûrement tout un assortiment de couteaux. Ce sera facile d'en voler un. Pour le moment, on se contentera d'apporter le poison et la chaîne. On s'occupera du reste plus tard, si nécessaire.

— Maman dit toujours qu'on apporte trop de choses en voyage.

Un rire tendu résonne dans la pièce.

L'air satisfaite, la personne s'apprête à fermer la valise, mais elle s'arrête. « La liste ! Il faut que j'apporte la liste. » D'importantes tâches à effectuer y sont inscrites, et d'autres viendront s'y ajouter plus tard.

Une petite feuille de papier sur laquelle figurent des lettres tracées à l'encre violette est déposée sur les vêtements.

Choses à faire cette semaine :

1. Rencontrer de nouveaux amis.

2. Envoyer des cartes postales à la maison.

3. Me débarrasser de tous mes ennemis !

Chapitre 1

Sandrine Lalonde trépigne de colère en serrant très fort le combiné.

— Je ne peux pas y aller ? Qu'est-ce que tu veux dire ? gronde-t-elle.

— Je n'ai pas dit que tu ne pouvais pas y aller, réplique la voix à l'autre bout du fil. J'ai seulement précisé que si tu pars en croisière, tu peux faire une croix sur notre relation. C'est toi qui décides.

Furieuse et déçue à la fois, Sandrine a la gorge nouée. Elle essuie les larmes qui ont commencé à couler de ses grands yeux bruns.

— Je devrais peut-être partir, chuchote Édith qui est assise par terre tandis que sa copine parle à son petit ami.

Mais Sandrine lui fait signe de ne pas bouger. «Reste», lit Édith sur ses lèvres.

Cette dernière hausse les épaules et continue à feuilleter le numéro de juin du magazine *Chic*.

— Martin, tu es injuste, parvient à prononcer Sandrine. Je n'aurais pas pu espérer un meilleur emploi d'été. Ce travail me permettra de faire tout ce dont j'ai toujours rêvé : danser, voyager et même être payée pour ça !

— Tu veux travailler sur un bateau de croisière pendant tout l'été ?

Sandrine a le cœur brisé en entendant son rire crispé.

— Tout ce que ça signifie, continue Martin, c'est que tu ne seras pas à Hull cet été. Quand tu reviendras, ce sera déjà la rentrée. Quelle sorte de vacances crois-tu que je vais passer, moi ? On avait dit qu'on serait ensemble tout l'été !

— Mais on a toute la vie devant nous, proteste Sandrine. Tu disais qu'on allait se fiancer après nos études au cégep et peut-être même se marier après ta deuxième année à l'université et...

De nouveau, elle craque. Ses parents prétendent qu'elle est beaucoup trop jeune pour songer à se marier, mais une de ses amies a déjà un bébé tandis que plusieurs autres ont planifié d'épouser leur petit ami dès qu'elles auront obtenu leur DEC.

— Écoute, Sandrine, dit Martin. Je sais bien qu'on s'est promis des choses, mais c'était avant que tu aies cette idée folle de faire le tour du monde en bateau.

« Je ne ferai pas le tour du monde, pense la jeune fille. Je ferai la navette entre New York et les Bermudes. Et ça ne durera qu'un été. »

— Prends le temps d'y réfléchir, poursuit Martin de sa voix calme et assurée. On en reparlera demain. D'ici là, tu auras compris que j'ai raison. Ta place est ici, à Hull, avec moi. On va travailler ensemble au camp de vacances.

— Non! s'écrie Sandrine.

Puis elle se mord les lèvres, étonnée de son aplomb.

— Quoi?

Elle respire à fond.

— J'ai dit non. Ma décision est prise. J'ai l'intention d'accepter l'emploi. Édith et moi, on va travailler à bord du *Mystique*. C'est important pour moi.

— Et moi je ne compte pas, à ce que je vois! dit Martin d'un ton boudeur.

Sandrine laisse échapper un long soupir.

— Ce n'est pas ça du tout. Je...

Mais la ligne est déjà coupée.

La jeune fille fixe le combiné d'un air triste, puis elle raccroche.

— Il n'a pas l'air d'avoir bien pris la nouvelle, dit Édith en refermant le magazine sur ses genoux.

— C'est l'euphémisme du siècle! Je dirais plutôt qu'on vient de rompre.

Incapable de retenir ses larmes, Sandrine éclate.

Édith se lève et l'entoure de ses bras en lui tapotant le dos.

— Ce n'est pas grave. Il joue les machos et crache du feu comme le font la plupart des gars pour prouver qu'ils sont des durs. Quand tu rentreras au mois d'août, Martin t'accueillera à bras ouverts.

— Oh Édith ! je ne crois pas, sanglote Sandrine. Je crois qu'il ne voudra plus jamais me parler.

Son amie ne dit rien. Sandrine ne peut s'empêcher de penser qu'Édith est d'accord avec elle, mais qu'elle préfère se taire pour la ménager.

Pendant un long moment, les deux filles restent assises côte à côte sur le lit, silencieuses.

— Ne sois pas triste, finit par dire Édith. On s'amusera, quoi qu'en pense Martin le tyran. Mon père dit que le bateau est magnifique. Le *Mystique* n'a qu'un an. Ce sera presque comme un voyage inaugural. Et on aura une cabine superbe. Pas comme sur les vieux navires marchands convertis en bateaux de croisière où on loge le personnel dans des cabines grandes comme ma main, à côté de la salle des machines. On sera sur le même pont que certains passagers, dans le couloir qui mène à l'une des trois boîtes de nuit du bateau. Il y aura des tonnes de bouffe, un casino, trois piscines, des tables de ping-pong, des jeux vidéo... le paradis, quoi !

Sandrine renifle, mais elle ne se laisse pas gagner par l'enthousiasme de sa copine.

— La musique nous tiendra probablement éveillées toute la nuit.

— Nous tenir éveillées ? Tu veux rire !

Édith l'oblige à se lever et l'entraîne dans une danse folle à travers la pièce.

— Tous les soirs, on va faire la fête jusqu'aux petites heures du matin ! Pense aux gars super que tu vas rencontrer. Papa dit que lors de la première croisière, il y avait toute une promotion d'étudiants qui célébraient la fin de leurs études.

Sandrine la foudroie du regard.

— Je ne veux pas rencontrer d'autres gars. Ils sont tous pareils: il faut toujours qu'ils décident pour nous.

— Tu dis ça parce que tu es furieuse à cause de Martin. Tu sais bien que ce n'est pas vrai, ajoute Édith avec un sourire espiègle. Ça existe, des gars qui ne veulent pas s'engager pour longtemps avec une fille. Tout ce qu'ils veulent, c'est une liaison sans lendemain qui se termine au...

— Je connais ce genre-là aussi et ça ne m'intéresse pas.

Dans un accès d'impatience, Sandrine se dégage des bras d'Édith et traverse rapidement la pièce. Elle ouvre le tiroir de la table de chevet et s'empare d'un crayon et d'un bloc-notes. En essuyant ses dernières larmes du revers de la main, elle se laisse tomber sur le lit et se met à écrire fébrilement.

Édith la regarde d'un air interrogateur.

— Qu'est-ce que tu fais?

— Je dresse une liste, répond Sandrine. Tu n'en fais jamais, toi, pour y voir plus clair?

Sa copine hausse les épaules.

— Bien sûr. Comme tout le monde.

— Eh bien! moi, j'ai besoin de mettre de l'ordre dans ma vie.

— Voyons! Tu n'as pas soixante ans et tu ne souffres pas d'une maladie incurable! Tu as seize ans, tu es en parfaite santé et un été formidable s'annonce pour toi.

— Ce que je veux dire, c'est que j'ai l'intention de bien profiter des vacances. J'ai toujours rêvé de devenir danseuse professionnelle et je vais tirer parti de la croisière pour amorcer ma carrière, explique Sandrine tout en écrivant.

Édith s'assoit en tailleur sur le lit.

— Écoute. La seule raison pour laquelle on a décroché un emploi sur ce bateau, c'est que mon père travaille pour les croisières *El Mundo*, dit-elle calmement. Je sais que tu suis des cours de ballet, de ballet jazz et de danse à claquettes depuis très longtemps. Et tu as beaucoup de talent ! Mais on sera là pour faire le ménage. Nous ne serons rien de plus que des femmes de chambre ! Il n'a jamais été question de danser, sauf pour s'amuser.

Sandrine lui sourit.

— Et alors ? Je pourrai au moins observer les danseurs professionnels que ton père a engagés pour la croisière cette année. J'apprendrai les pas qu'ils exécutent dans leur numéro et j'aurai peut-être l'occasion de bavarder avec eux pour savoir ce que je dois faire afin de décrocher un emploi comme danseuse l'été prochain.

Une idée géniale lui traverse l'esprit.

— Je pourrais assister aux répétitions en cachette et mémoriser un numéro ou deux. Comme ça, si l'une des danseuses tombe malade...

— Tu pourrais prendre sa place, comme dans

les vieux films? demande Édith en riant. Pourquoi ne pas pousser une des filles à la mer, pendant que tu y es? De cette façon, tu serais certaine d'avoir ta chance!

Sandrine ricane.

— Sérieusement, la danse est un milieu où il y a beaucoup de compétition. De nos jours, de moins en moins de gens ont les moyens d'assister à des spectacles. L'idéal, c'est donc de se faire engager dans un parc d'attractions ou sur un bateau.

Elle baisse les yeux et fixe ses pieds; elle a des fourmis dans les jambes.

— Danser, c'est ce que je fais le mieux. C'est tout ce que je veux faire dans la vie.

Édith soupire.

— Je continue à penser qu'en cherchant bien, tu pourrais trouver quelque chose à Hull. Mais pourquoi se faire du souci pour l'an prochain, puisqu'on a la chance de travailler ensemble tout l'été?

— Si je danse sur l'un des bateaux des croisières *El Mundo* lors des prochaines vacances, peut-être que ton père pourra te trouver un emploi sur le même bateau que moi.

Édith détourne les yeux et fronce les sourcils.

— Qu'est-ce qu'il y a? demande Sandrine. Je croyais que cette idée te plairait.

Édith secoue la tête.

— Ce n'est pas ça. Tu sais bien que je serais ravie de travailler avec toi deux étés consécutifs. Je pensais à mon père. J'espère que tout ira bien pour lui.

— Qu'est-ce que tu veux dire ?

— Après son divorce, il a eu du mal à se trouver un emploi.

— Directeur des ressources humaines pour les croisières *El Mundo*, ce n'est pas si mal.

— Oh ! je sais. D'ailleurs, il adore ça. Ça lui permet de voyager gratuitement quand il doit vérifier si les employés font bien leur travail.

— Si ça lui plaît tant que ça, quel est le problème ?

Édith grimace.

— Je voudrais tellement que tout aille bien pour lui. J'espère que personne ne viendra lui mettre de bâtons dans les roues.

Sandrine sourit à son amie. Il n'y a qu'Édith pour s'inquiéter autant de ceux qu'elle aime.

— Je suis certaine qu'il s'en tirera très bien et qu'il n'arrivera rien de fâcheux.

Édith hausse les épaules.

— Tu as probablement raison. Je m'en fais trop, hein ?

— Oui, beaucoup trop. Essayons plutôt de nous amuser cet été.

Édith lui adresse un sourire radieux.

— Tu es la meilleure amie du monde.

Chapitre 2

David Alexandre se tient sur l'un des ponts du *Mystique* et admire la vue sur New York. L'immense paquebot est à quai à côté de la gare maritime, au bout de la 55e Rue à Manhattan. Les gratte-ciel ressemblent à des soldats de béton et de verre qui auraient marché au pas jusqu'à la jetée; leur taille imposante écrase le bateau. Mais dans deux jours, lorsque le *Mystique* aura atteint les Bermudes, rien dans le petit archipel ne saura rivaliser de grandeur ou de majesté avec le luxueux paquebot.

David bombe le torse dans un élan de fierté. Âgé de dix-huit ans, il n'est qu'un officier en formation; le bateau n'est pas vraiment à lui. Mais s'il obtient son diplôme de l'école navale et s'il réussit son stage, il compte bien devenir un jour capitaine de son propre navire. Il espère que celui-ci sera aussi grandiose que le *Mystique*.

— Tout un spectacle, n'est-ce pas? lance une voix grave à l'accent prononcé derrière lui.

David pivote brusquement et salue le nouvel arrivant.

— Oui, monsieur. New York est une très belle ville.

Le capitaine Rico Aragonis lève des yeux sombres et froids vers la célèbre métropole.

— Moi, je préfère Athènes.

Svelte mais robuste, l'homme est grand et il a les cheveux noirs ondulés et striés de gris. Son air distant et son port digne d'un roi intimident tous les membres d'équipage.

Il impressionne David au plus haut point.

— La Grèce vous manque? demande le jeune homme qui, après coup, s'en veut terriblement d'avoir posé une question aussi personnelle à son commandant.

Le capitaine Aragonis plonge son regard intense dans celui de David.

— Comment pourrais-je ne pas m'ennuyer de mon pays natal? La terre et l'air même de la Grèce font partie de mon âme.

David tousse avec nervosité. Cet homme lui donne la chair de poule. Il est toujours tellement sérieux, tellement obnubilé par son bateau, la mer, ses passagers. Mais c'est peut-être ce qui fait de lui un grand capitaine.

— Je sais ce que vous voulez dire, monsieur, ajoute David d'un ton hésitant. Mon pays aussi m'a beaucoup manqué quand j'étais à l'étranger.

— Vous venez de Québec, n'est-ce pas?

demande le capitaine Aragonis.

— Oui. En fait, j'ai grandi à l'Île d'Orléans.

Le capitaine hausse un sourcil gris argenté d'un air interrogateur.

— L'Île d'Orléans?

David se met à rire.

— Oui... Je suppose que ça ne vous dit rien. Ma famille est déménagée à Québec il y a deux ans. J'y ai terminé mes études secondaires avant de m'inscrire à l'école navale l'automne dernier.

Le capitaine Aragonis hoche la tête, les yeux rivés sur la passerelle située plusieurs ponts plus bas. Des débardeurs s'affairent autour du bateau. Ils n'auront pas trop de toute la journée pour charger les vivres nécessaires au ravitaillement de 2 400 personnes pendant une semaine.

— L'officier Nelson ne pourra pas souhaiter la bienvenue aux passagers entre quatorze et seize heures, déclare le capitaine sans quitter le quai des yeux. Je veux que vous secondiez l'officier chargé de la sécurité à l'accueil. Comme ça, vous prendrez de l'expérience auprès des passagers.

David connaît les bateaux et leur mécanique. Il a étudié le *Mystique* de la poupe à la proue, incluant ses quatre énormes moteurs qui entraînent les quatre hélices de quelque 16 000 kilogrammes situées sous la coque. Les moteurs produisent 27 000 chevaux-vapeur qui permettent au navire d'atteindre une vitesse de 21 nœuds. Quand le *Mystique* file à sa vitesse maximale, il a besoin de plus d'un kilomètre pour s'immobiliser. Il fait 205 mètres de long (l'équivalent de deux terrains de football), 28,5 mètres de large et il est presque aussi haut qu'un immeuble de 15 étages. Pas étonnant qu'il ne puisse s'arrêter facilement.

David sait aussi lire une carte marine et déterminer une route à l'aide d'un sextant. Il a appris à affronter des ouragans et à survivre pendant deux semaines sur un radeau à la dérive au milieu de l'océan. Mais il a toujours été intimidé devant des étrangers.

— Si cela ne vous ennuie pas, monsieur, je crois que je serais plus utile sur le pont.

— Officier Alexandre, il faut vivre plusieurs types d'expériences pour être en mesure de travailler sur un paquebot, répond sèchement le capitaine Aragonis. Présentez-vous à la passerelle à quatorze heures.

Il tourne les talons et s'éloigne en laissant David sur le pont avec deux autres officiers.

Installé à une table, l'un d'eux lève les yeux et hausse les épaules.

— Il donne toute la merde aux autres, dit-il d'une voix à l'accent presque aussi prononcé que celui du capitaine.

— Tu l'as dit, murmure David.

* * *

À une heure quarante-cinq, David se regarde dans le miroir fixé à la porte de sa cabine. Il porte un uniforme blanc fraîchement pressé : une chemise garnie d'épaulettes bleu marine, une ceinture à boucle dorée, un pantalon et des souliers en cuir qu'il vient d'astiquer.

Il met sa casquette et en descend la visière noire et brillante sur son front, exactement deux doigts au-dessus de l'arête du nez. « Si les gars de la polyvalente me voyaient maintenant, qu'est-ce qu'ils penseraient ? » se demande-t-il.

L'idée le fait sourire. La moitié d'entre eux le hueraient et siffleraient. Les autres donneraient n'importe quoi pour être à sa place.

— C'est l'heure, officier Alexandre.

Il salue son reflet dans la glace, exécute un demi-tour rapide, sort de la petite cabine en marchant au pas et s'engage dans l'étroit couloir sur le troisième pont.

Une minute plus tard, David passe tout près du hall luxueux aux murs couverts de miroirs, aux ascenseurs vitrés et aux escaliers chromés. Bien que les officiers aient accès aux endroits publics sur le bateau, les autres membres d'équipage sont censés utiliser les couloirs et les escaliers réservés au personnel durant leurs heures de travail. Il ne s'agit pas seulement de séparer les passagers des employés. Cette mesure permet également d'éviter que les techniciens et le personnel d'entretien, qui travaillent parfois avec des appareils graisseux, ne circulent sur la somptueuse moquette.

David, lui, préfère les murs beiges des passages

qu'emprunte le personnel. Il s'y sent plus à l'aise que dans les sections réservées aux passagers, avec leurs plafonds couverts de miroirs, leurs voûtes dorées et leurs murs en faux marbre.

Il arrive à la passerelle deux minutes avant l'heure fixée. L'officier chargé de la sécurité le salue d'un signe de tête.

— Content de vous voir.

Il jette un coup d'œil sur l'insigne de David.

— Je peux t'appeler David?

Ce dernier acquiesce d'un air grave.

— Oui, monsieur.

Il regarde les passagers qui font la queue pour se faire photographier sur le quai. Les photographes attitrés du bateau ont drapé des bannières où l'on peut lire *Bon voyage* sur des bouées de sauvetage. Ils les ont posées sur des chevalets devant lesquels les passagers se font prendre en photo.

— Qu'est-ce que vous voulez que je fasse? demande David.

L'officier prend un air sérieux.

— Ce n'est pas aussi difficile que ça en a l'air. Tu n'as qu'à te tenir là et à sourire tout en serrant des mains. Puis tu lis le nom de la personne sur sa carte d'identification et tu dis: «Bienvenue à bord, madame Smith.»

David sourit. Il croit qu'il va bien s'entendre avec ce gars-là. Le jeune homme a peut-être vingt-sept ou vingt-huit ans. Il a le physique d'un joueur de basket: grand, plutôt maigre, mais athlétique.

— Au fait, je suis le lieutenant Sylvain Mitchell. Tu peux m'appeler Mitch dans le privé.

David hoche la tête, un peu moins rebuté par la tâche qu'on lui a assignée. Un véritable raz de marée de passagers déferle sur eux à la sortie du bureau des douanes.

Pendant plus d'une heure, David sourit poliment à des femmes portant des chapeaux de paille ; il serre la main à des hommes aux genoux décharnés vêtus de bermudas et il tapote la tête d'une dizaine de gamins. Il a l'impression que son visage s'est figé pour toujours à force de sourire. Les muscles de ses joues lui font si mal qu'il sait que son sourire doit paraître affecté.

— La deuxième heure devrait être plus facile, dit Mitch. Il y a toujours foule au début, puis les retardataires continuent d'arriver jusqu'à seize heures.

Le départ est prévu pour seize heures trente.

David croit apercevoir le bout de la file. Deux jeunes filles descendent d'un autobus et s'emparent de leurs bagages. Elles rient comme des hystériques en essayant de tirer sur des roulettes branlantes leurs valises pleines à craquer, mais celles-ci se renversent sans arrêt sur l'asphalte raboteux. Les filles rient de plus belle.

David ne se rappelle pas avoir été aussi insouciant. « Mais pourquoi ne le seraient-elles pas ? pense-t-il en les regardant prendre la file. Leurs parents sont probablement riches, comme ceux de ces jeunes qui sont montés à bord il y a une vingtaine de minutes.»

Il a cru entendre l'une des filles de ce groupe dire que ses parents lui avaient offert une croisière en compagnie de cinq de ses amis comme cadeau de fin d'études. «Ça leur a probablement coûté un bon dix mille dollars», s'est-il dit alors. En remarquant que deux des garçons sentaient la bière, l'idée lui est venue que cette bande causerait sans doute des maux de tête à Mitch.

David continue à serrer des mains et à répéter encore une centaine de fois d'un ton joyeux: «Bienvenue à bord.» Il voit que le tour des deux filles approche. Celles-ci regardent le bateau comme si elles n'avaient jamais rien vu d'aussi gros, ce qui est probablement le cas.

Enfin, elles gravissent la passerelle abrupte et pour la première fois, David peut les examiner de plus près. L'une d'elles a de longs cheveux soyeux de la couleur des blés. Elle est presque trop grande et mince pour avoir l'air en santé, un peu comme les mannequins que l'on voit dans les magazines de mode. Elle porte une robe bain de soleil rose et violet à motifs de fleurs. Sur la carte d'identification épinglée à son corsage, elle a inscrit *Édith* d'une écriture tout en fioritures. Comme bien des filles de son âge, elle est mignonne et débordante d'énergie, mais David ne se sent pas du tout attiré par elle.

L'autre fille, par contre, est très différente. Elle respire l'intelligence et le calme tandis qu'elle se tient à l'écart en attendant son tour. Elle promène son regard autour d'elle, les yeux plissés, comme si elle mémorisait chaque détail du bateau, du quai, de la marquise qui abrite la passerelle et des visages autour d'elle.

«Elle a l'air brillante», pense David. Mais elle est également très jolie avec ses yeux noisette et ses cheveux bruns courts qui encadrent doucement sa figure. Distraitement, il serre la main d'un homme âgé et marmotte quelques mots de bienvenue tout en s'efforçant de lire la carte d'identification de la brunette par en dessous.

Sandrine. «Ça lui va bien», se dit David qui a le sourire fendu jusqu'aux oreilles à l'idée d'accueillir la jeune femme.

Mitch le pousse du coude.

— Je sens les vibrations jusqu'ici, chuchote-t-il. Calme-toi. Tu te rappelles ce qu'a dit le capitaine à propos des relations du personnel avec les passagers? «Aucune fraternisation ne sera tolérée entre les membres d'équipage et les passagers.»

Le cœur de David se serre.

— Le dernier gars qui s'est fait prendre a perdu son emploi, ajoute Mitch en jetant un regard lourd de sens en direction de David.

Celui-ci ne peut pas se permettre de voir son dossier entaché par une affaire de ce genre. Il tente de réprimer son sourire et serre poliment la main d'Édith qui lève vers lui un visage rayonnant.

Finalement, Sandrine se tient devant lui. David

la salue d'un signe de tête et lui serre la main. Celle-ci est chaude et douce, et c'est à contrecœur que le jeune homme retire la sienne.

— Bienvenue à bord, dit-il froidement en évitant son regard.

Sandrine le considère pendant un moment avant de détourner les yeux en direction des différents couloirs derrière lui, comme si elle se demandait lequel elle doit emprunter.

— Remettez votre billet à l'hôtesse, lui dit David. Un steward vous conduira à votre cabine.

Sandrine se mordille la lèvre, l'air un peu embarrassée.

— Euh... nous ne sommes pas des passagères. Nous sommes des membres d'équipage, mais notre avion a quitté Dorval avec deux heures de retard. Il y a eu un orage terrible et...

Mais David n'entend plus ce qu'elle dit. Elle fait partie de l'équipage et c'est tout ce qui compte. Les membres du personnel ont le droit de fraterniser quand ils ne travaillent pas.

Quand l'école navale l'a assigné au *Mystique* pour l'été, David était loin de penser qu'il aurait l'occasion de sortir avec des filles pendant son stage. Mais tout à coup, devant cette jolie fille au regard intelligent, à la voix chaude et... (il baisse les yeux) aux jambes époustouflantes, il se dit que ce ne serait pas une si mauvaise idée, après tout.

— ...Nous n'avons pas pu nous présenter à l'heure prévue et... continue Sandrine.

— Ce que mon amie essaie de dire, l'interrompt Édith, c'est que nous devons nous rendre tout de suite au bureau du responsable du personnel pour expliquer notre retard.

David regarde vers l'autre extrémité du bateau. La passerelle réservée à l'équipage a été levée depuis plusieurs heures déjà. Il est donc inutile de les envoyer dans cette direction.

— Prenez le premier couloir à droite. Au bout de quelques mètres, vous verrez une section réservée au personnel. Continuez votre chemin et vous vous retrouverez devant plusieurs bureaux.

— Merci !

Édith lui adresse un petit geste de la main, saisit les courroies de ses valises et les traîne derrière elle.

Avant de la suivre, Sandrine sourit et lui dit :

— Merci.

Mitch s'éclaircit bruyamment la voix.

— Mignonnes, hein ?

— Oui, répond David qui regarde toujours vers le couloir où Sandrine vient de disparaître.

— On dirait bien que tu as de la chance, mon vieux.

Encore une fois, Mitch lui donne un léger coup de coude dans les côtes.

— Ce sont des camarades de travail !

David éclate de rire.

— Qu'est-ce que tu racontes ? Ce sont des filles comme les autres. Il doit y en avoir des centaines à bord.

Les derniers passagers s'amènent petit à petit. Certains ont fait un long vol et paraissent fatigués, mais surtout impatients de se retrouver sous les tropiques.

— À ta place, dit Mitch à mi-voix, je commencerais tout de suite à me demander laquelle je veux inviter une fois arrivé aux Bermudes. Des filles aussi séduisantes n'auront aucun mal à trouver de la compagnie.

David éprouve une vague sensation de malaise. Non, il n'était pas venu avec l'intention de flirter avec les filles. Mais soudain, il se rend compte qu'il sera vraiment contrarié s'il voit Sandrine au bras d'un autre que lui.

* * *

Il est presque dix-neuf heures ce soir-là lorsque Sandrine a terminé de faire les lits et de placer des serviettes propres dans les cabines qu'on lui a assignées. Bien qu'épuisée, elle se compte chanceuse de n'avoir pas perdu son emploi malgré le fait qu'elle soit arrivée en retard la première journée.

D'une certaine façon, elle est contente d'être aussi occupée. Ça ne lui laisse guère le temps de penser qu'elle se trouve au beau milieu de l'océan, entourée d'eau, sans terre en vue. À l'âge de douze ans, elle a pourtant juré à travers ses larmes que jamais elle ne remettrait les pieds sur un bateau. Mais il y a maintenant plusieurs années de ça et elle a réussi à oublier la tragédie. Enfin, presque. Il faut dire que cette fois, il ne s'agit pas d'un petit voilier qui peut chavirer et...

Sandrine se mord la lèvre et retient son souffle pendant un instant pour mieux contenir ses émotions. Non, elle ne pensera pas à ce jour-là aujourd'hui. Pas question.

Elle retourne à la cabine où Édith l'attend.

— Je vois que tu es plus rapide que moi ! dit-elle.

— À peine. J'ai fait plus de lits en trois heures que je n'en ai fait de toute ma vie, soupire Édith. Et dire qu'à vingt heures, il faut refaire la ronde pour tirer les couvertures et mettre de ridicules petits bonbons à la menthe sur les oreillers !

— On n'a même pas le temps de souper ! gémit Sandrine en s'affaissant sur le petit lit.

— Tu manges ou tu dors, mais tu n'as pas le temps de faire les deux, dit Édith en se levant. Moi, je choisis de manger. Ça sentait bon quand je suis passée devant les cuisines. Un des stewards m'a dit qu'on nous sert la même nourriture qu'aux passagers. Tu devrais voir les assiettes !

— Je me fiche pas mal de leur apparence. L'important, c'est qu'elles remplissent mon pauvre ventre vide.

Les deux amies sortent de la cabine et se dirigent vers la cafétéria réservée à l'équipage.

Ce n'est qu'à vingt-deux heures passées que se termine enfin leur journée de travail.

— Merci mon Dieu ! s'exclame Édith en insérant sa carte plastifiée dans la porte de leur cabine. Moi, je vais me coucher ! Te rends-tu compte qu'on doit reprendre le boulot à six heures demain matin ?

Aussitôt la porte refermée, Sandrine enlève son uniforme.

— Je sais, mais je ne peux pas me coucher tout de suite.

— Pourquoi pas ?

— Il faut que j'aille au *Diamant*, dit Sandrine qui sent son estomac se nouer.

— Au club qui présente le spectacle de bienvenue ? C'est pour les passagers seulement.

— Je sais, mais si je ne vais pas aux spectacles de danse, comment veux-tu que j'en apprenne les pas ? Je ne pensais pas qu'on travaillerait d'aussi longues heures.

Édith la regarde d'un air désapprobateur.

— Tu vas enfreindre le règlement si tu entres au *Diamant*.

Sandrine pousse un grognement.

— Oh ! arrête ! Avec un peu de maquillage, une coiffure différente et des vêtements plus chics, je passerai inaperçue.

Du moins, elle l'espère.

Elle prend une douche rapide, puis elle enfile une robe bain de soleil blanche et des sandales à talons hauts. Elle brosse ses cheveux et les fixe derrière son oreille à l'aide d'une barrette en faux diamants. En se maquillant, elle sourit au reflet que lui renvoie la glace. Elle se sent belle et beaucoup moins fatiguée que tout à l'heure.

— Je ne rentrerai pas tard, lance-t-elle en ouvrant la porte de la cabine avant de sortir.

Chapitre 3

Sandrine avance d'un pas léger dans le long couloir. Elle fredonne intérieurement, excitée à l'idée d'assister au spectacle de danse. Puis elle ralentit peu à peu. Après avoir fait encore quelques pas, elle décide de s'arrêter et d'écouter les bruits autour d'elle. Elle perçoit les vibrations des moteurs profondément enfouis sous la coque. De derrière la porte d'une cabine lui parviennent les rires d'un homme et d'une femme. Quelqu'un accorde une guitare dans l'un des clubs. Enfin, son subconscient lui répète sans cesse l'avertissement d'Édith : « Ne te fais pas prendre. Ça pourrait nous coûter nos emplois ! »

Tout à coup, elle éprouve une étrange sensation, un peu comme lorsqu'elle est montée sur scène à l'école afin d'auditionner pour un rôle dans *Cabaret*. C'est une sorte d'anxiété qui s'empare d'elle lorsqu'elle sait que des gens vont la regarder. Et si quelqu'un la reconnaissait parmi la foule ? Si on la dénonçait ?

Un peu plus loin dans le couloir, Sandrine entend de la musique qui devient de plus en plus forte à mesure qu'elle avance. Elle s'humecte les lèvres et hâte le pas. Soulagée, elle finit par atteindre un hall bondé.

Des hommes en smoking et des femmes en scintillante robe du soir bavardent en petits groupes. Des ascenseurs sont alignés d'un côté tandis que de l'autre, on peut voir clignoter l'enseigne au néon vert et bleu d'un club : *Le Neptune*.

Sandrine jette un coup d'œil à l'intérieur. Un frisson d'enthousiasme vient balayer les dernières traces de son inquiétude.

Un orchestre entièrement masculin est installé sur la scène au fond de la salle. Un chanteur, un batteur, deux guitaristes et un musicien au clavier jouent une version endiablée d'un succès de l'heure. Le chanteur soliste y met vraiment le paquet, bondissant sur la scène et agitant les bras en dansant. La foule se laisse gagner par son enthousiasme et hurle chaque fois qu'il pointe son micro dans sa direction. Sur la grosse caisse, on peut lire le nom du groupe : *Réflexe*.

Sandrine sourit. La croisière s'annonce encore mieux qu'elle le croyait.

Pourtant, elle n'a pas le temps d'assister au spectacle. La dernière représentation est sûrement commencée au *Diamant*, à l'autre bout du bateau. Il lui faudra se dépêcher. Sinon, elle va rater le numéro de danse.

Elle se précipite vers l'escalier et grimpe deux étages, gardant la tête baissée au cas où elle croiserait un officier qui la reconnaîtrait. C'est quand même peu probable : en tenue de soirée, elle est complètement différente. Mais il y a toujours un risque. Une fois aux Bermudes, elle pourra passer plus de temps à se faire bronzer sur le pont, à nager dans les nombreuses piscines ou à faire des emplettes dans les boutiques du bateau. Mais d'ici là, elle n'est pas censée s'aventurer en dehors de la section réservée à l'équipage, sauf pour son travail.

Sandrine se tient maintenant devant le *Diamant*. Les six lourdes portes du club sont fermées, mais elle entend la musique résonner de l'autre côté : c'est un mélange jazzy de trompette, de saxophone et de piano. La jeune femme jette un coup d'œil autour d'elle. Seuls quelques passagers flânent dans le hall et personne ne lui prête attention. Sandrine entrouvre une porte et se faufile à l'intérieur du club.

Au bout d'un moment, ses yeux s'habituent à l'obscurité et elle distingue quelques chaises libres au fond de la salle. Elle s'assoit, les yeux rivés sur la scène vivement éclairée.

Elle aperçoit six jeunes danseurs, trois filles et trois garçons, vêtus de pantalons en satin blanc et de vestes rose vif et vert électrique cousues de paillettes. Ils exécutent un numéro de danse explosif tiré d'une célèbre comédie musicale. En constatant que le paquebot tangue légèrement, rendant la marche sur le bateau un peu difficile, Sandrine se dit que ce doit être bien pire sur scène.

Mais les danseurs s'en tirent à merveille. Sandrine se surprend à remuer sur sa chaise, se retenant difficilement de bondir sur ses pieds pour danser avec eux au son de la musique entraînante.

— Il y a de la place pour moi? murmure une voix tout près d'elle.

Sandrine se retourne et aperçoit Édith à côté d'elle.

— Je croyais que tu dormais, toi!

— Un gars s'est trompé de chambre et est entré dans notre cabine, explique sa copine d'un ton grognon. Ça m'a réveillée.

— Est-ce qu'il était mignon? la taquine Sandrine.

— J'en sais rien. Quand je me suis assise dans le lit en criant, il est parti comme une flèche. Je n'ai vu que sa nuque.

Sandrine ricane.

— Heureusement que tu ne sortais pas de la douche!

— Ouais... Mais je n'ai pas pu me rendormir.

Elle jette un regard sceptique vers la scène.

— Alors, comment est le spectacle?

Sandrine sourit.

— Les danseurs sont encore meilleurs que je ne l'avais imaginé. Aucun d'entre eux n'a manqué un seul pas jusqu'à maintenant.

— Comme c'est excitant! dit Édith d'un ton faussement enthousiaste.

En fait, elle semble impatiente de partir.

— Tu es grincheuse parce que tu t'es fait réveiller. Pourquoi tu ne retournes pas te coucher?

— Je te l'ai dit, je ne peux pas dormir. Si je reste debout encore une heure, peut-être que j'y arriverai.

Elle hésite.

— Je m'inquiétais aussi de toi. Sortons d'ici avant d'avoir des ennuis.

— Pas question, répond Sandrine avec fermeté. Je reste jusqu'à la fin du spectacle. Tu peux rentrer si tu veux.

Édith fait la grimace, l'air exaspérée, mais elle reste à sa place.

Pendant l'heure qui suit, le maître de cérémonie présente tour à tour un jongleur, un magicien, un homme et son épouse qui chantent en duo, et deux autres numéros de danse. Puis le spectacle prend fin, au grand regret de Sandrine.

Celle-ci applaudit si fort que les paumes de ses mains lui font mal. Elle jette un dernier regard en direction des trois danseuses pour mieux se souvenir de leur visage. Comme ça, si elle les croise à la cafétéria, elle pourra leur demander conseil quant à la meilleure façon de décrocher un emploi.

— Viens, c'est terminé, dit Édith dès que les lumières se rallument.

Elle tire son amie par le bras.

— Allons boire quelque chose.

Les deux filles prennent l'ascenseur et en sortent quatre étages plus haut. Elles franchissent une porte latérale et se retrouvent sur le pont où la brise du large est si forte que Sandrine est projetée sur un groupe d'adolescents près du bastingage.

— Eh! Il vente beaucoup ici! s'exclame l'une des filles d'une voix aiguë entre deux gloussements.

— Ouais, c'est super, hein? s'écrie un garçon. Regardez ces grosses vagues là-bas.

Sandrine a le souffle coupé en le voyant se pencher au-dessus de la rambarde, une canette de bière dans chaque main. Les cinq autres jeunes rient à gorge déployée lorsqu'il fait mine de passer par-dessus bord. Le garçon décrit de grands cercles avec les mains, faisant gicler la bière partout.

— Hé! s'écrie Édith en se précipitant vers eux. Éloignez-vous de là! Et qu'est-ce que vous faites avec ça?

Elle lui enlève une canette d'un mouvement rapide.

Le jeune homme se tourne vers elle, l'air hargneux, mais un sourire se dessine aussitôt sur son visage.

— Hé! Qui es-tu, ma belle? La directrice? On n'est pas à l'école, tu sais.

— Fais attention, souffle Sandrine à l'oreille d'Édith. Rappelle-toi qu'on n'est pas censées être ici.

Mais son amie l'écarte d'un geste.

— As-tu la moindre idée des ennuis que peuvent avoir les membres d'équipage s'ils sont surpris à servir des boissons alcoolisées à des mineurs? dit-elle au garçon en mettant la canette hors de sa portée lorsqu'il tente de s'en emparer.

— Oh! arrête! L'autre est vide!

Il lance la canette par-dessus bord et celle-ci disparaît dans la nuit.

— Vous aimez vous amuser, hein? Venez avec nous. On a de la bière en réserve.

— Allons-nous-en, Édith, chuchote Sandrine. Ça ne nous regarde pas.

— Ne partez pas, dit l'une des filles d'une voix douce. J.C. est un peu ivre. Il parle comme si on avait tous pris un coup...

Elle lui lance un regard irrité.

— ...Mais on n'est pas tous comme lui.

— C'est vrai, dit un garçon derrière elle en souriant d'un air aimable. Vous voulez vous joindre à nous? On allait justement manger une crème glacée au bar laitier.

— Ah oui? fait Sandrine.

Quoi de mieux qu'un bon cornet de crème glacée par une soirée chaude de juillet?

— Je me présente: Patricia Chénier. Mes amis m'appellent Pat. Et voici mon *chum*, Marc Michaud.

— Salut, Pat... Marc, dit Sandrine.

— Salut, répète Édith avec tiédeur.

— Et voici Marie-France Soly.

Cette dernière les considère d'un air hautain,

puis hoche la tête sans sourire. Elle n'a rien d'une beauté, mais elle arbore une coiffure des plus sophistiquées. Elle porte une blouse et une jupe assorties en pure soie, ainsi qu'une chaîne en or et des anneaux. Sandrine se dit que la tenue de Marie-France coûte probablement plus cher que toute sa propre garde-robe!

— Les parents de Marie-France nous servent de chaperons pendant le voyage, explique Patricia. En fait, ils font plus que ça...

— Ils ont payé pour nous tous, termine Marc à sa place.

Sandrine croit percevoir une peu d'amertume dans sa voix. Mais lorsqu'elle se tourne vers le jeune homme, elle constate qu'un sourire chaleureux éclaire son visage.

Patricia continue les présentations.

— J.C. est le petit ami de Marie-France. Et voici Christelle Beaudry et François Leclerc.

Sandrine remarque que Pat n'a pas précisé qu'ils sortent ensemble. Bien qu'ils se tiennent par la main, ils ont plutôt l'air d'un frère et d'une sœur: ils ont tous les deux les cheveux et les yeux bruns, et leurs traits fins et bienveillants ont quelque chose d'étrangement ressemblant.

— Salut, dit-elle. Je m'appelle Sandrine Lalonde et voici ma copine Édith Jobin. Nous sommes de Hull.

Elle décide de ne pas mentionner qu'elles font partie de l'équipage.

J.C. s'avance vers Sandrine et fait glisser son doigt le long de son bras nu. La jeune fille frissonne et s'écarte.

— Ne fais pas ça, dit-elle d'une voix crispée.

Elle lève les yeux pour s'assurer que Marie-France n'a pas vu ce que son petit ami vient de faire, mais celle-ci est installée à une petite table et étale devant elle un jeu de cartes un peu curieux.

— T'as pas envie de faire connaissance? souffle J.C. à l'oreille de Sandrine.

— Laisse-la tranquille, intervient Marc. Tu as trop bu. Demain matin, tu regretteras d'avoir fait l'idiot.

— S'il se souvient de quelque chose, ajoute Patricia d'un ton pince-sans-rire.

Elle regarde Sandrine et roule les yeux comme pour dire: «Ne t'en fais pas. Ça lui arrive souvent.»

Mais J.C. ne se laisse pas décourager aussi facilement. Voyant que Sandrine ne lui prête pas attention, il se tourne vers Édith.

— Hé! tu es encore plus mignonne que ta copine, susurre-t-il à son oreille.

— Fiche-moi la paix.

Édith s'éloigne de lui.

— Sérieusement, dit J.C., on serait heureux que vous passiez la soirée avec nous. Hein, Marie-France?

— Mmmm?

Sa petite amie lève lentement les yeux. Elle

semble perdue dans son propre monde et Sandrine en conclut qu'elle n'a probablement rien entendu de la conversation.

— C'est vrai qu'on aimerait qu'elles viennent fêter avec nous, hein? répète J.C. sans cesser de reluquer Édith.

— Je suppose, oui.

Marie-France soupire et dévisage Sandrine. Ses yeux représentent son seul vrai atout: ils sont d'un violet riche et ensorceleur. Quand on les fixe, c'est presque impossible de détourner le regard. Sandrine sent un étrange frisson lui parcourir le dos.

— Tu veux que je te tire les cartes? demande Marie-France d'une voix étouffée.

— Elle est très douée pour le tarot, explique Patricia qui paraît triste soudain. Elle a prédit que mon chat mourrait... et il est mort.

Sandrine se dit que cette bande ne peut que lui attirer des ennuis. De plus, que penseront-ils s'ils apprennent qu'Édith et elle travaillent comme préposées à l'entretien sur le bateau?

— Peut-être une autre fois, répond-elle. Il faut qu'on parte. Je viens de me rappeler qu'on doit rejoindre quelqu'un sur le pont promenade.

— Dommage.

J.C. a le sourire fendu jusqu'aux oreilles lorsqu'il retire une canette de bière de la poche intérieure de son coupe-vent.

— Peut-être qu'on se reverra, ma belle, dit-il à

Édith lorsque celle-ci passe devant lui en rejetant la tête en arrière.

— N'y compte pas trop, marmonne-t-elle entre ses dents.

* * *

Sandrine et Édith avancent rapidement sur le pont maintenant désert. Le vent souffle si fort qu'il est difficile de marcher sans trébucher ou sans heurter la rambarde.

— Il paraît qu'il y aura de fortes vagues toute la nuit ! crie Sandrine pour couvrir le bruit des rafales. C'est à cause de l'ouragan qui a traversé la région hier.

— Tu as entendu ce salaud ? fulmine Édith. Ce J.C. est une vraie crapule !

Sandrine hausse les épaules.

— Oublie ça. Il était complètement soûl.

— On ne devrait pas laisser monter des gars comme lui sur le *Mystique*. Ils ne méritent pas d'être ici.

Sandrine éclate de rire.

— Au lieu de pousser l'une des danseuses par-dessus bord, si on poussait J.C. ?

— Ça me convient parfaitement.

Édith est secouée d'un violent frisson.

— La façon dont il m'a regardée m'a donné la chair de poule. Et dire qu'il t'a touchée !

— Arrête de t'en faire. Ce n'était pas bien grave.

Édith repousse une mèche de sa longue chevelure blonde ébouriffée par le vent.

— Tu as probablement raison. Je suis de mauvaise humeur. Ma mère dit toujours que la nuit porte conseil.

— Elle a raison, approuve doucement Sandrine. Pourquoi ne retournes-tu pas à la cabine ? Je parie que tu arriveras à dormir maintenant.

— Est-ce que tu rentres aussi ?

— Non. J'aimerais parler à l'une des danseuses avant qu'il soit trop tard. On se revoit demain matin.

* * *

Marc regarde les deux filles s'éloigner en se demandant ce qu'elles font là. Il a vu la brunette un peu plus tôt aujourd'hui lorsqu'il est revenu à sa cabine pour quelques minutes ; elle était occupée à changer les draps et n'a même pas levé les yeux.

La blonde fait probablement partie de l'équipage aussi. Marc a reconnu sa voix. Il a commis l'erreur d'essayer d'entrer dans sa cabine alors qu'elle dormait. Heureusement, il a été assez rapide pour s'esquiver avant qu'elle n'ait le temps de voir son visage. Tout à l'heure, elle n'a pas paru le reconnaître sur le pont.

Il se demande si elles se doutent de ce qu'il fait. L'idée lui vient à l'esprit qu'elles ont peut-être été envoyées par le service de sécurité pour l'espionner.

— Je crois que je vais aller chercher mon blouson à la cabine, dit-il à Patricia. Il commence à faire plus froid. Veux-tu que je te rapporte un chandail ?

La jeune fille lui sourit doucement et comme d'habitude, Marc sent son cœur se gonfler d'amour. Pat est si belle et si gentille avec lui. Ils sortent ensemble depuis trois mois et Marc se considère comme privilégié... car il n'est rien, rien du tout. Pat, elle, est capitaine de l'équipe de volley-ball de l'école et présidente de classe. Ses parents peuvent se permettre de lui donner cinq cents dollars comme argent de poche pour la croisière. Quant à lui, il a réussi à amasser un maigre trente dollars pour toute une semaine.

Leurs amis sont dans la même situation que Patricia. Ils n'ont pas à travailler à temps partiel pendant leurs études pour gagner un peu d'argent. Leurs parents leur donnent tout ce qu'ils veulent. Marc, lui, a toujours travaillé pour obtenir le peu qu'il a : il a préparé des hamburgers chez *Gino*, il a peint des maisons durant l'été, il a vendu des sapins de Noël au coin de la rue près de chez lui. Et tout ce que ça lui a valu, c'est de remplir le réservoir de sa vieille Buick, de s'acheter des jeans et d'amener Pat au cinéma à quelques reprises.

Il a l'impression d'être un raté.

Pourquoi les autres le supportent-ils ? Probablement à cause de Patricia. Le fait qu'il n'a pas un sou ne semble pas la déranger du tout. Mais lui, ça l'ennuie. Il a envie de payer un tour de calèche à ses amis lorsqu'ils seront dans la capitale, ou encore de leur offrir la crème glacée quand ils seront à terre. Il a envie d'être comme eux et de dépenser sans compter, comme s'il ne sentait pas l'argent lui filer entre les doigts.

Et maintenant, il a trouvé le moyen de le faire.

Au lieu d'emprunter le couloir qui mène à sa cabine, il prend une autre direction. Il flâne un peu devant les distributeurs automatiques et fait semblant de choisir quelque chose.

Au bout d'un moment, il entend des voix. Il passe la tête dans le couloir et aperçoit un couple en tenue de soirée qui bavarde en riant. L'homme verrouille la porte de la cabine et offre son bras à la dame. Lorsqu'ils passent devant Marc, l'homme propose à sa compagne de s'arrêter au casino avant d'aller faire la tournée des pianos-bars.

Le *Mystique* compte trois pianos-bars. Le couple sera parti pendant au moins deux heures, probablement même un peu plus.

Marc sourit d'un air résolu. Il aura tout le temps qu'il faut...

Il attend que les portes de l'ascenseur s'ouvrent et se referment. Le couloir est tellement silencieux que le jeune homme s'entend presque respirer. Sans bruit, il s'avance jusque devant la cabine du couple et retire de sa poche une carte passe-partout qu'il a prise sur le chariot d'une préposée cet après-midi.

Il glisse la carte dans la fente. Lorsque la petite lumière verte s'allume sous la poignée, il entre dans la cabine.

«Bon, se dit-il intérieurement. Si j'étais plein aux as, où est-ce que je cacherais mon argent?»

Il y a des coffres-forts à la disposition des passagers au bureau du commissaire du bord. Mais la plupart des gens ne trouvent pas très pratique d'y déposer de petites sommes d'argent ou des bijoux qu'ils portent tous les jours. Marc fouille d'abord les tiroirs de la commode, puis les valises. Au bout de cinq minutes, ses recherches n'ont toujours rien donné et Marc commence à croire qu'il s'est trompé à propos du couple. Il fourre la main sous un oreiller et trouve ce qu'il cherchait: une liasse de billets et une paire de boucles d'oreilles en or.

Le jeune homme examine les bijoux: ils sont assez lourds et valent sûrement deux cents dollars. Mais il ne connaît aucun endroit où il pourrait les vendre, ni sur le bateau ni aux Bermudes. Il remet les boucles d'oreilles à leur place.

Marc compte l'argent: vingt, quarante, soixante, quatre-vingts, cent, cent dix, cent quinze dollars.

Il prend un billet de vingt et remet le reste sous l'oreiller.

Il pourrait très bien partir avec tout l'argent, mais le couple ne manquerait pas de signaler le vol. S'il ne prend qu'un billet de dix ou de vingt dollars ici et là, dans un portefeuille qui traîne au bord de la piscine, dans une cabine ou dans un sac à main laissé sur une chaise pendant que sa propriétaire est partie danser, il y a peu de chances que quelqu'un s'en aperçoive. Sur un paquebot comme le *Mystique*, les gens ne regardent pas à la dépense. Ils ne peuvent jamais savoir combien il leur reste d'argent exactement.

Maintenant, le plus difficile...

Marc traverse la pièce et appuie l'oreille contre la porte. Il n'entend que les battements de son cœur qui résonnent dans ses oreilles. Pas de voix. Pas de bruit de pas.

Se félicitant déjà d'avoir réussi un autre coup, il ouvre la porte et regarde à gauche. Il n'y a personne en vue. Mais avant qu'il n'ait pu jeter un coup d'œil à droite, une main se pose sur sa nuque, agrippe son t-shirt et le tire dans le couloir.

Le cœur de Marc bat à tout rompre. Le jeune homme sait qu'il s'est fait prendre, mais il espère pouvoir s'enfuir avant que la personne qui le retient ne puisse voir son visage. Il agite les bras et tente de se libérer, mais on le fait pivoter. Marc se retrouve nez à nez avec J.C.

Ce dernier lui bloque le passage et sourit.

— Alors ? C'est ici que tu viens quand t'as besoin d'un coupe-vent ?

— Je crois que... euh... je me suis perdu, bégaye Marc en reculant dans le couloir.

— C'est bizarre qu'on puisse se perdre dans une chambre verrouillée.

J.C. ricane méchamment.

— Elle n'était pas verrouillée, je le jure, dit Marc. Je me suis perdu. C'est un immense bateau, tu sais.

Il tente de repérer une porte donnant sur le pont. Il n'aime pas la lueur imprévisible qui brille dans les yeux de J.C. Ce dernier peut faire ou dire n'importe quoi quand il a pris trop de bière. Et s'il alertait l'un des officiers et lui disait: «Devine ce que Marc était en train de faire?» Il se ferait un plaisir de le torturer.

S'il ose flirter avec deux filles en même temps sous les yeux de Marie-France, il est capable de tout!

Marc pousse la porte battante tout en reculant et se retrouve sur le pont balayé par de forts vents marins. Même en été, le temps rafraîchit vite après le coucher du soleil et le froid lui pique le visage.

— Laisse tomber, J.C., dit-il en haletant. Ça ne te regarde pas.

— Ah non?

D'un geste vif, J.C. se rue sur lui et lui immobilise les bras derrière le dos. Marc se débat, mais il n'arrive pas à la cheville de J.C., qui pèse vingt kilos de plus que lui et a la stature d'un joueur de football. J.C. fourre sa grosse main dans la poche de Marc.

Il en ressort un délicat bracelet en or que Marc a volé à la piscine un peu plus tôt aujourd'hui, ainsi que le billet de vingt dollars.

— Qu'est-ce que je viens de trouver là?

demande-t-il d'un ton railleur. Je croyais que Pat avait décidé de payer la crème glacée à tout le monde parce que tu n'avais pas d'argent?

— J... j'ai dû oublier que j'avais ce billet.

— Et le bracelet? Tu sors avec une autre fille en cachette, ou est-ce un cadeau pour Pat?

J.C. a presque deviné. Marc a vu le bracelet dans une cabine et l'a pris en se disant qu'il serait superbe au poignet de Patricia.

— C'est un présent. Je l'ai acheté avant de partir, ment-il. Je voulais l'offrir à Pat ce soir pour lui faire une surprise.

J.C. examine le bracelet en le tenant entre le pouce et l'index.

— Ce sera toute une surprise, en effet. Un bracelet en or vingt-quatre carats comme celui-ci doit t'avoir coûté au moins deux cents dollars.

— Oui, à peu près.

Marc fait un mouvement pour s'en emparer, mais J.C. a encore de très bons réflexes.

— Pas si vite, dit-il sèchement en mettant le bracelet et le billet hors de la portée de Marc. Je crois que tu me dois de l'argent.

— De l'argent? répète Marc, déconcerté.

— Ouais. Si tu veux que je garde le secret à propos de tes nouvelles activités. Car je ne pense pas que ta blonde serait bien contente d'apprendre que son *chum* est un voleur!

Marc sent la panique le gagner.

— Ne lui dis rien, J.C. S'il te plaît, ne lui dis rien.

— J'arriverai peut-être à me taire en échange d'un peu d'argent.

Le sang de Marc ne fait qu'un tour.

— Combien ? demande-t-il d'une voix rauque.

— Oh ! commençons par vingt.

J.C. recule en souriant d'un air narquois après avoir mis le billet dans sa poche.

— Garde le bracelet. J'ai menti : c'est seulement de l'or dix carats. Ça ne vaut pas grand-chose.

Il le lance à Marc, mais fait exprès de l'envoyer hors de sa portée.

Marc plonge pour tenter d'attraper le bracelet, mais celui-ci heurte le haut de la rambarde et dévie. Le bijou disparaît dans l'obscurité.

— Salaud ! siffle Marc entre ses dents. Espèce d'ivrogne !

— Demain, tu pourras garder la moitié de ce que tu piqueras. Le reste me reviendra. Je suis d'humeur généreuse ce soir.

Le sang afflue au visage de Marc qui perd la raison. La colère explose dans ses veines. Il s'élance vers J.C. qui s'enfuit en courant sans cesser de rire.

J.C. est peut-être plus fort que Marc, mais il est moins rapide. Il a fait de la gymnastique pendant un an à l'école, mais on a refusé de le reprendre l'automne dernier parce qu'il avait pris du poids et qu'il ne respectait pas les règles de sécurité de l'équipe.

Marc le poursuit dans l'escalier qui mène au

huitième pont et le rattrape à tribord. J.C. lui adresse un sourire moqueur, s'arrête et recule vers le bastingage tout en faisant signe à Marc de venir vers lui.

— Viens, mon gars, le nargue J.C. Qu'est-ce que tu vas faire maintenant, hein?

Il n'y a personne d'autre aux alentours, mais la musique rock résonne derrière les portes du club *Vénus*. Marc, lui, n'entend rien et ne voit rien, sauf la lueur malicieuse qui brille dans les yeux de J.C. Il n'a jamais autant détesté quelqu'un de sa vie.

Avec un rugissement de bête enragée, il plonge vers J.C. et le saisit à la gorge.

— Ta gueule, O.K.? hurle Marc. Tu ne dis pas un mot et j'arrêterai! Je jure que je ne volerai plus, mais ne dis rien à Pat, ni à la police, ni à qui que ce soit!

J.C. rit comme un hystérique et parvient à se dégager sans difficulté.

— Hé! tu me fais vraiment peur! Et qu'est-ce que tu feras si je parle? Tu me jetteras par-dessus bord?

— J'en meurs d'envie! lui crie Marc au visage. Rien ne me rendrait plus heureux!

— T'as pas assez de cran pour le faire, poule mouillée! Tu vas me laisser partir parce que t'es trop mou pour faire autre chose. Et tu sais ce que je vais faire, moi? Je vais aller rejoindre Pat en me tordant de rire. Bon sang! Elle va grimper dans les rideaux en apprenant que son *chum* est un voyou!

Il lève le menton, comme s'il voulait défier Marc de le frapper. Sans trop savoir ce qui lui arrive, celui-ci s'élance et laisse libre cours à toute la fureur en lui.

Ensuite, tout se déroule comme au ralenti. Marc voit son poing fendre l'air et s'abattre sur la mâchoire de J.C. Celui-ci vacille et perd l'équilibre. Stupéfait, Marc recule et regarde, horrifié, son adversaire basculer par-dessus bord sous la force de l'impact. J.C. pousse un cri d'épouvante et plonge dans le vide. Marc reste figé pendant un moment qui lui paraît une éternité avant d'entendre un bruit d'éclaboussement qui noie le cri de J.C.

Lentement, il s'oblige à faire un pas, puis un autre, titubant vers la rambarde. Il se penche pour regarder en bas.

Mais tout ce qu'il voit, c'est la mer d'un noir d'encre qui s'engouffre sous l'immense coque du bateau.

Chapitre 4

Lorsque le cadran sonne à cinq heures, Sandrine se lève péniblement, tout engourdie de sommeil. Elle se dirige vers la salle de bains à tâtons et n'ouvre les yeux qu'après s'être aspergé le visage d'eau froide.

— Je dormirais bien encore quelques heures, dit-elle en traversant la cabine, le nez dans une débarbouillette.

Elle ouvre la garde-robe et prend son uniforme.

— Mmmm? grogne Édith.

— J'ai dit que j'aurais bien dormi encore quelques heures. Toi aussi, il faut que tu te lèves.

— Je sais, je sais.

Édith se met un oreiller sur la figure.

— La nuit a été dure.

— Au moins, tu t'es couchée plus tôt que moi, fait remarquer Sandrine. Quand je suis rentrée après avoir fait la tournée des clubs, tu dormais comme une bûche.

— Ça doit être le décalage horaire, gémit Édith.

Sandrine rigole. Il n'y a qu'une heure de décalage entre la côte est et les Bermudes ! Elle tire les
couvertures, saisit son amie par le poignet et la
force à se lever.

— Debout si tu ne veux pas que ton père te
congédie ! Allez, sous la douche !

Trente minutes plus tard, elles ont pris une
douche et enfilé leur uniforme bleu pâle fraîchement pressé. Elles chargent leur chariot et partent
dans des directions opposées.

Sandrine pousse son chariot dans l'ascenseur.
Tandis que celui-ci grimpe, la jeune fille se
demande ce qui lui paraît différent sur le bateau ce
matin. Un instant plus tard, elle a trouvé.

Le plancher ne vibre pas doucement sous ses
pieds comme il le faisait depuis son départ de New
York. Les moteurs du paquebot ne fonctionnent
pas. Le *Mystique* s'est arrêté.

Sandrine sort de l'ascenseur en se demandant
quel est le problème. Mais ses pensées sont
interrompues par des voix aiguës.

— Comment ça, il est tombé ? hurle une jeune
fille. C'est impossible ! Il se cache pour me jouer
un tour !

Sandrine reconnaît la voix de Marie-France.
Tout en poussant son chariot, elle tourne au bout du
couloir et manque de renverser François qui se
tient devant Marie-France et Christelle. Celle-ci
entoure son amie de ses bras pour la réconforter.

— On était là, Marie, dit François doucement.

On a vu quelqu'un donner un coup de poing à J.C.; mais au début, personne ne nous a crus.

— On vient d'aller parler à l'officier chargé de la sécurité, explique Christelle. Ses hommes ont fouillé le bateau pendant toute la nuit, au cas où.

— C'est pour ça que l'un d'eux est allé frapper à ta porte pour te demander si tu étais seule, poursuit François. Ils se sont dit que J.C. était peut-être avec toi.

Marie-France devient blanche comme un drap.

— Non! Vous ne pouvez pas l'avoir vu tomber! Ça ne se peut pas! sanglote-t-elle en serrant ses tarots contre elle comme le ferait un enfant avec son ourson pour se consoler.

Sandrine a une boule dans la gorge. Elle n'arrive pas à croire ce qu'elle entend.

— Excusez-moi. Avez-vous dit que votre ami était tombé du bateau hier soir?

Marie-France étouffe un cri et lui tourne le dos. Elle se précipite dans sa cabine, claque la porte et la verrouille.

Christelle soupire tristement. Elle dévisage Sandrine, les yeux plissés.

— Tu es l'une des filles qu'on a rencontrées sur le pont hier soir, n'est-ce pas?

L'estomac de Sandrine se serre.

— Oui. On travaille comme préposées à l'entretien pour l'été.

Soudain, des larmes apparaissent dans les yeux de Christelle et roulent sur ses joues.

— Pauvre J.C.! gémit-elle.

François se tourne vers Sandrine.

— Christelle et moi, on était sur le neuvième pont hier soir un peu après minuit, commence-t-il. On était en train de décider si on allait goûter au buffet ou si on retournait danser quand on a entendu deux personnes qui se disputaient.

Christelle renifle et s'essuie le nez du revers de la main.

— C'était J.C. et...

— Un autre gars, termine François à sa place. On n'a pas pu le reconnaître dans le noir.

— Vous voulez dire que ce gars-là a poussé J.C. par-dessus bord? demande Sandrine, abasourdie.

François secoue la tête.

— Il ne l'a pas vraiment poussé. Il l'a frappé, mais ça devait être un coup de poing explosif parce que J.C. a perdu l'équilibre et a basculé dans le vide. Je n'en croyais pas mes yeux. Je suis resté cloué sur place, complètement hébété.

Sandrine considère François et Christelle. Elle comprend peu à peu l'ampleur du drame.

— C'est terrible, souffle-t-elle.

François hoche la tête et détourne les yeux vers une silhouette qui s'avance dans le couloir. À mesure que le jeune homme approche, Sandrine reconnaît l'un des garçons de la bande, Marc Michaud.

— Tu es au courant?

— Au courant de quoi? demande Marc d'une voix tendue.

— C'est à propos de ton ami J.C., commence Sandrine d'une voix hésitante.

Elle regrette de lui avoir posé cette question, car Marc ne semble pas savoir de quoi elle parle. Elle se tourne vers François et Christelle dans l'espoir que l'un d'eux lui annonce la nouvelle, mais ni l'un ni l'autre n'ouvre la bouche.

— Il est tombé à la mer hier soir, déclare-t-elle doucement.

— Quoi ? s'exclame Marc.

— Je me demandais pourquoi le bateau était arrêté, murmure Sandrine. Je suppose que c'est pour ça.

— On doit être en train de le chercher, dit Marc d'un ton accablé. Je parie qu'on ne repartira pas tant qu'on ne saura pas ce qui lui est arrivé.

François se passe une main dans les cheveux.

— L'un des officiers chargés de la sécurité m'a dit qu'il n'y avait pas beaucoup de chances qu'on retrouve son corps. Avant que quelqu'un nous ait crus et que le capitaine ait fait stopper les moteurs, le bateau avait déjà franchi neuf ou dix kilomètres.

Marc fixe la moquette.

— La tempête a dû créer de forts courants. Le cadavre a probablement été aspiré sous...

— Comment peux-tu dire ça ?

Christelle fond en larmes.

— Comment peux-tu parler de cadavre et de choses aussi terribles ?

Sandrine lui serre la main et la tapote doucement.

— Où est ta cabine ? demande-t-elle. Tu ferais mieux de t'étendre un peu. Il n'y a rien d'autre à faire.

— Elle a raison, approuve François. Va te reposer, dit-il en la regardant avec inquiétude.

Christelle acquiesce sans un mot, les yeux noyés de larmes.

François se tourne vers Sandrine.

— Chambre 607, ajoute-t-il en désignant le bout du couloir.

La jeune fille raccompagne Christelle à sa chambre et utilise sa carte passe-partout pour ouvrir la porte. Elle guide Christelle jusqu'à son lit.

— Écoute, peut-être qu'on retrouvera J.C. On ne sait jamais. Il y a des gens qui survivent en mer pendant des jours. Je suis certaine que le capitaine a déjà alerté la garde côtière.

Christelle réprime une plainte déchirante en mettant son poing sur sa bouche.

— C'était si épouvantable. Je ne peux pas croire qu'il...

Elle s'interrompt et dévisage Sandrine, hoquetant entre deux sanglots.

Cette dernière l'oblige à s'allonger et s'assoit près d'elle.

— Qu'est-ce que tu allais dire ?

Étendue sur le lit, Christelle ferme les yeux, crispée.

— Laisse tomber. Ça n'a pas d'importance.

— Qu'est-ce qui n'a pas d'importance? insiste Sandrine.

— S'il te plaît, va-t'en, dit Christelle d'une voix étranglée. Je n'ai pas envie d'en parler.

— D'accord.

Lentement, Sandrine se lève et traverse la pièce. Elle sort et referme la porte derrière elle.

Une fois dans le couloir, elle regarde des deux côtés dans l'espoir d'apercevoir François ou Marc qui pourront peut-être lui en dire plus au sujet de ce qui s'est passé la nuit dernière. Mais elle ne les voit nulle part.

La vision d'un jeune homme tombant du huitième pont du paquebot emplit son esprit. Le choc a dû être terrible lorsqu'il a heurté l'eau. S'il n'est pas mort sur le coup, il a sûrement perdu connaissance. Il s'est probablement noyé en quelques minutes.

Sandrine a la nausée. Soudain, elle a du mal à respirer, comme si c'était elle qui était submergée sous l'eau froide et grise. Comme elle connaît bien cette horrible sensation! Elle est convaincue qu'elle va vomir.

Elle abandonne son chariot et se précipite vers la poupe du bateau. Elle fonce vers les portes battantes et fait irruption sur le pont noyé de lumière et balayé par le vent.

La mer s'est apaisée durant la nuit. Le soleil fait miroiter les flots gris bleu. Sandrine agrippe le bastingage en bois verni et se penche au-dessus de l'eau, en proie à de violents haut-le-cœur.

J.C. était un salaud de la pire espèce, probablement même quand il était sobre. «Mais personne ne mérite une telle fin», se dit Sandrine, affligée.

Une main se pose en douceur sur son dos.

— Est-ce que ça va?

La jeune fille se redresse et se sent rougir.

— Ça va, répond-elle.

En se retournant, elle reconnaît le jeune officier qui les a accueillies, Édith et elle, à bord du bateau hier.

— Si tu n'as pas eu le mal de mer hier soir quand il y avait de fortes vagues, ça m'étonne que les eaux calmes de ce matin te fassent cet effet-là, dit-il.

Sandrine lit le nom sur son insigne: *David*. De toute évidence, il est québécois aussi.

Elle secoue la tête.

— Je n'ai pas le mal de mer. Mais je viens d'apprendre la nouvelle à propos de ce garçon...

L'expression du jeune officier devient grave.

— Je viens de l'apprendre aussi.

— Qu'est-ce que les autorités vont faire? demande Sandrine. Est-ce qu'on va faire demi-tour vers New York? Ou est-ce qu'on va rester ici et le chercher?

— Je ne crois pas qu'on rebroussera chemin, dit David d'un air songeur. Ça ne servirait à rien. Mais il faudra peut-être attendre que les garde-côtes arrivent. Je ne sais pas. C'est seulement la deuxième fois qu'on m'assigne à un paquebot et je n'ai jamais vécu une situation pareille avant.

— C'est vrai ? Tu en es à tes débuts sur un bateau, toi aussi ?

Lorsqu'il lui a souhaité la bienvenue sur la passerelle hier, elle n'a pas eu l'occasion de bien voir son visage sous la visière de sa casquette. Il lui a paru plus âgé alors que ce matin, elle lui donne à peine un an ou deux de plus qu'elle.

— Je suis étudiant à l'école navale. Je fais mon stage à bord du *Mystique* cet été.

Sandrine sourit. Le fait de bavarder avec quelqu'un l'aide à se sentir mieux.

David examine l'uniforme de la jeune fille.

— Et toi ? Tu n'as pas le profil de la femme de chambre type. La plupart du temps, la compagnie engage des travailleurs étrangers. Des Sud-Américains, surtout.

— Grâce à ma copine, elle et moi, on a décroché un emploi. Son père, Jean Jobin, travaille pour les croisières *El Mundo*.

Sandrine soupire.

— J'espérais plutôt travailler comme danseuse, mais on avait déjà engagé une troupe de professionnels. Édith, mon amie, voulait travailler au centre sportif. C'est une maniaque de l'exercice et de l'aérobique. Mais comme il ne restait que des emplois de femmes de chambre, on les a pris.

— C'est beaucoup de travail, fait remarquer David.

— Je commence à m'en apercevoir, oui !

Sandrine voit venir vers eux l'autre officier qui

accueillait les passagers sur la passerelle lors de l'embarquement.

— Je crois qu'on te cherche, dit-elle.

David se retourne vivement, comme s'il avait peur qu'on le réprimande. Mais en voyant qui s'amène, il se détend.

— C'est le lieutenant Mitchell, dit-il en guise de présentation.

— Bonjour. Je m'appelle Sandrine Lalonde. On s'est vus sur la passerelle hier.

Le lieutenant la salue poliment d'un signe de tête, mais il s'adresse immédiatement à David.

— J'ai parlé au capitaine. Je lui ai demandé du personnel supplémentaire pour les prochaines heures et il t'a affecté à mon service.

— Est-ce que c'est à cause de ce qui est arrivé à ce garçon?

— Oui. Nous avons fouillé le bateau une deuxième fois pour nous assurer que les deux jeunes qui ont rapporté l'accident n'ont rien inventé. On ne sait jamais. Ils avaient bu et ont pu imaginé tout ça.

— L'avez-vous trouvé? demande Sandrine qui se mord les lèvres lorsqu'elle s'aperçoit qu'elle s'est immiscée dans une conversation entre deux officiers.

Le lieutenant lui lance un regard irrité.

— Non. Pas encore.

— Donc, c'est presque certain qu'il est tombé à la mer? demande David.

— C'était probablement un accident : deux gars se bagarraient et l'un d'eux est passé par-dessus bord.

Mitch fait une pause et se gratte la nuque.

— Mais on n'a encore aucune preuve. On n'a que la déclaration de deux amis du garçon.

— Qu'est-ce que vous voulez que je fasse ?

— Je veux que tu m'aides à interroger les membres d'équipage. Il faut qu'on sache si quelqu'un a vu ou entendu quoi que ce soit qui pourrait nous aider à découvrir qui se disputait avec Jean-Charles Ostiguy quand il a basculé dans le vide. Comme je le disais, c'est probablement accidentel, mais...

— Mais il pourrait aussi s'agir d'un meurtre si quelqu'un l'a poussé intentionnellement, termine David.

— Exactement.

Le lieutenant Mitchell se tourne vers Sandrine.

— Je n'ai pas encore établi l'horaire des entretiens avec l'équipage, mais autant commencer tout de suite.

Il jette un regard sur l'insigne de Sandrine et inscrit son nom sur une feuille fixée à une planchette à pince.

— Où étais-tu la nuit dernière entre minuit et deux heures ? demande-t-il.

Sandrine le dévisage, étonnée. Elle ne s'attendait pas à être interrogée. Après tout, elle ne connaissait pas vraiment J.C. Elle ne l'a rencontré qu'une fois.

Chose certaine, elle ne peut pas dire qu'elle était au *Diamant*. Elle pourrait perdre son emploi.

— Je me promenais.

— Où ?

— Sur le deuxième pont. Puis je suis retournée à ma cabine. Je dormais probablement à l'heure où J.C. est tombé.

— Et ta compagne de chambre ? demande Mitch après avoir consulté la liste des membres d'équipage.

— Édith dormait quand je suis revenue, s'empresse-t-elle de répondre.

Au moins, elle ne ment pas cette fois. Édith était rentrée bien avant que J.C. ne tombe à la mer.

— Très bien, dit le lieutenant. Si tu entends des passagers ou des membres d'équipage dire quoi que ce soit à propos d'hier soir, préviens-moi ou dis-le à David.

Sandrine avale sa salive avec difficulté.

— D'accord, promet-elle.

* * *

David suit le lieutenant à l'intérieur du café *La Marée*. C'est le seul endroit à bord du paquebot où les passagers et l'équipage peuvent manger ensemble. On y sert des repas légers vingt-quatre heures sur vingt-quatre.

— Tu veux un café ? propose Mitch.

— Oui. J'en prendrais bien une tasse.

Ils se servent au comptoir de style cafétéria et

s'installent à une table près d'une des grandes fenêtres donnant sur le pont.

— Je voulais te parler avant que tu commences à questionner les gens pour que tu saches ce que tu dois leur demander, explique Mitch. Il ne s'agit pas encore d'une enquête officielle. Ça viendra plus tard, avec la garde côtière et la police des Bermudes. Puisque le bateau est immatriculé là-bas, ça relève de leur juridiction. En attendant, il faut quand même recueillir des informations et rédiger un rapport. Mais on n'a pas beaucoup de temps pour ça.

— Ah non? fait David en buvant une gorgée de café.

Mitch a l'air agité et prend son travail très au sérieux ce matin. Il n'a rien du gars qui faisait des blagues sur la passerelle la veille.

— Le capitaine Aragonis a demandé à la garde côtière la permission de continuer jusqu'aux Bermudes. Il est bien déterminé à ne pas interrompre la croisière plus longtemps.

— Mais ce gars est peut-être toujours au large!

— Il s'est sûrement noyé, déclare Mitch en fixant le fond de sa tasse. Je ne vois pas comment il aurait pu survivre à une telle chute. C'est comme s'il était tombé d'un dixième étage. L'impact a dû...

Mitch s'arrête, mais David devine facilement ce qu'il s'apprêtait à dire. L'impact a dû être tel que J.C. est mort sur le coup.

Le lieutenant Mitchell s'éclaircit la voix et poursuit :

— La satisfaction des passagers semble être ce qui compte le plus aux yeux du capitaine. Il refuse de laisser en plan plus de mille personnes au beau milieu de l'Atlantique pendant qu'on leur fait subir un interrogatoire. D'après lui, les agences de voyages seront submergées de plaintes et de demandes de remboursement.

— C'est vrai que c'est ennuyeux. Les passagers ont payé très cher pour ce voyage, fait remarquer David.

Mitch lui jette un regard impatient.

— On croirait entendre parler le vieux bonhomme.

Il fait un geste de la main.

— Oublie ça. Je comprends ce que tu veux dire. Pour le moment, il faut recueillir des informations de base : où étaient les gens entre minuit et deux heures ? Ont-ils vu ce garçon ? Voici sa photo. Ont-ils vu ou entendu quelque chose à l'heure où il est passé par-dessus bord ?

Il tend à David une pile de formulaires où figurent quelques questions et des blancs.

— Tu n'as qu'à suivre ce modèle.

— Par qui dois-je commencer ?

— J'ai dressé la liste des employés que tu devras rencontrer. Je te laisse fixer l'heure des rendez-vous. Les personnes concernées ont été avisées de se rendre à la cafétéria réservée à l'équipage. Les officiers de mon service et moi, on se partagera le reste du personnel et les passagers.

David approuve d'un signe de tête. Il entend les moteurs se remettre en marche dans un grondement provenant des entrailles du bateau. Lentement, l'immense navire reprend sa course vers le sud-est en direction des Bermudes.

David a un serrement de cœur. Si J.C. est quelque part sous le paquebot, à quelque dix mille mètres de profondeur dans l'océan, on ne le retrouvera peut-être jamais. Et personne ne saura exactement comment et pourquoi sa vie s'est terminée là.

* * *

À une table non loin des deux officiers, une personne est assise et sirote un café. Elle tourne le dos aux jeunes hommes, mais elle entend leur conversation malgré le va-et-vient continuel.

Lorsque les officiers se lèvent et partent, une main saisit un bloc-notes et un stylo posés sur la table, et se met à écrire :

Cher Annjeelo,

Ce garçon t'a causé des ennuis, mais je lui ai réglé son compte. Il ne viendra plus t'importuner.

Ce que je crains plus que tout, c'est qu'il y en ait d'autres qui te veuillent du mal. Je commence à douter de ceux-là mêmes qui se disent tes amis.

Mais je n'ai pas peur de tuer encore par amour pour toi.

Je serai toujours là.

Promis.

Chapitre 5

Ce n'est qu'à la fin de l'avant-midi que Sandrine termine le ménage des cabines. Elle a fait les lits, mis des serviettes propres dans les salles de bains et remplacé les petites bouteilles de shampoing, de conditionneur et de lotion hydratante. Ayant à peine dormi la nuit dernière, elle avait l'intention de faire une sieste avant de reprendre le travail en fin d'après-midi. Mais elle a trop de choses en tête pour dormir.

« Il y a vingt-quatre heures, je ne pensais qu'à la danse », se dit-elle. Et voilà qu'aujourd'hui, elle n'arrive pas à chasser la mort de ses pensées.

Elle sort sur le pont et regarde l'océan en songeant à ce qui s'est passé. La mer s'est calmée et reprend peu à peu sa couleur turquoise si enivrante.

Sandrine se demande s'il y a des requins dans le coin. Elle imagine le corps bouffi de J.C. là-bas, derrière eux. Combien de temps mettront les prédateurs aux dents tranchantes comme des lames de rasoir pour le dévorer ?

Elle frissonne et fixe l'horizon. La mer est magnifique, mais terrifiante aussi. Tout à coup, Sandrine sent ses vieilles peurs remonter à la surface. Elle se souvient de ce jour-là, lorsqu'elle est partie avec ses cousines à bord du voilier de son oncle Michel sur le lac Champlain. L'orage les a surpris et une rafale soudaine a soulevé le léger bateau, les projetant toutes dans l'eau glacée. Les cris de plus en plus faibles de Brigitte l'obsèdent encore...

Sandrine ferme les yeux et croise les bras sur sa poitrine, secouée de violents frissons. Au cours des jours qui ont précédé son départ, elle s'est demandé si le souvenir de cette tragédie viendrait la hanter une fois au large. Mais le *Mystique* est si gigantesque qu'elle a cru qu'elle s'y sentirait en sécurité. Maintenant, elle sait qu'elle ne sera jamais complètement à l'aise sur un bateau, peu importe ses dimensions.

— C'est pas très chaud, hein? demande une voix.

Sandrine se retourne et aperçoit un jeune homme dont le visage ne lui est pas inconnu. Elle met quelques secondes à reconnaître le chanteur de l'un des groupes qu'elle a vus en spectacle hier soir.

— Salut, dit-elle. Je ne t'avais pas entendu arriver.

— J'ai bien vu ça, dit-il d'un ton taquin.

Une lueur espiègle brille dans ses yeux.

— Je t'ai entendu jouer hier soir, dit Sandrine, mais je n'ai pas vu tout le spectacle.

— La prochaine fois, reste, dit le garçon en souriant.

Ses cheveux sont longs sur sa nuque et frisés sur le devant. Ils sont d'un blond platine qui donne à penser qu'ils ont été décolorés autant par les produits capillaires que par le soleil. Il a les yeux étonnamment bleus et ne paraît pas insensible au charme de Sandrine.

Celle-ci sait bien qu'il veut flirter. Elle chasse ses idées sombres et profite de l'attention que le chanteur veut bien lui accorder. Martin n'a jamais flirté avec elle. Il ne lui a jamais souri comme ce garçon le fait maintenant. En fait, Martin se serait moqué de la longue chevelure du jeune homme.

Sandrine, elle, se dit que c'est trop beau pour être vrai. « Si je touchais ses cheveux, se demande-t-elle, est-ce qu'ils seraient aussi soyeux qu'ils en ont l'air ? »

Le chanteur lui tend la main.

— On devrait peut-être se présenter puisqu'on aura souvent l'occasion de se revoir. Je m'appelle Nelson... Nelson Morrow. Je viens de Toronto.

— Sandrine Lalonde, de Hull, dit-elle en lui serrant la main.

Nelson la tient dans la sienne quelques instants.

— Euh...

Elle rit un peu, gênée.

— Je suppose que c'est presque impossible

qu'on ne se croise pas au moins une fois sur le bateau.

— Ce n'est pas ce que j'ai voulu dire, déclare Nelson en rivant son regard bleu et clair sur celui de Sandrine.

— Ah non ?

— Je me disais plutôt que tu vas venir souvent m'entendre chanter et que je t'emmènerai dans les meilleurs bars de l'île après les spectacles.

— Ah bon ! J'ignorais qu'on avait déjà des projets.

Sandrine s'en veut de ne pas avoir trouvé une réplique plus originale.

— Je ne sais pas si c'est la même chose pour toi, ma belle, mais dès l'instant où je t'ai vue dans la salle hier soir, j'ai su que ça y était.

Sandrine rougit.

— Voyons ! dit-elle en riant. Il y avait au moins une dizaine de filles qui se tenaient autour de la scène hier soir.

— C'est vrai, dit Nelson. Il y a des groupies partout. Ce sont les risques du métier. Mais ça ne veut pas dire que je sors avec chacune d'elles.

Son visage s'assombrit pendant une fraction de seconde.

— On a toujours des ennuis quand on entreprend une relation sérieuse avec une admiratrice. Moi, ce que je veux, c'est m'amuser. Qu'est-ce que ça donne de s'attacher à quelqu'un quand on est toujours en tournée ?

Sandrine sourit. Elle est tout à fait d'accord avec lui, même si elle aurait exprimé sa pensée un peu différemment. Elle serait ravie de rencontrer un garçon, de sortir avec lui et de s'amuser. Cependant, elle veut éviter à tout prix de se retrouver avec un autre Martin sur les bras : elle n'a pas envie de se faire donner des ordres et de se culpabiliser parce qu'elle doit laisser son petit ami pour aller travailler. Si elle veut devenir danseuse professionnelle, il faudra qu'elle soit prête à aller là où il y a des emplois.

Sans la quitter des yeux, Nelson effleure la main de Sandrine avec son pouce.

— Alors, est-ce que tu as un petit ami ?

— Non, souffle Sandrine en frémissant à son contact. Je ne sors avec personne.

Il sourit.

— Bien ! Ou plutôt, super !

Il jette un coup d'œil sur sa montre.

— Hé ! Je suis en retard pour la répétition. Il faut que j'y aille.

Il lui lâche la main et recule de quelques pas.

— Es-tu libre cet après-midi ? Vers quinze heures ?

— Non. Je travaille jusqu'à dix-huit heures.

— Merde !

— Mais je n'ai pas de projet pour ce soir ! lance Sandrine avec une note d'espoir dans la voix.

— Parfait. Viens faire un tour au club. On pourrait aller quelque part après le spectacle.

— O.K. ! À ce soir !

Une fois Nelson parti, Sandrine se dit que le spectacle ne se termine probablement pas avant une ou deux heures du matin. Comme elle doit se lever à cinq heures pour aller travailler, elle se demande quand elle aura le temps de dormir.

Elle sourit d'un air rêveur et songe à Nelson. Honnêtement, elle se fiche pas mal de ne plus jamais pouvoir dormir.

Le sourire aux lèvres, elle se tourne pour regarder vers le large. De nouveau, l'angoisse d'être aspirée dans les profondeurs de la mer s'empare d'elle.

Bien sûr, la tragédie du lac ne date pas d'hier. Mais un garçon s'est noyé il y a quelques heures à peine et déjà, la vie reprend son cours. Elle flirte avec un chanteur, lui donne rendez-vous et se demande comment elle arrivera à trouver le temps de dormir et de manger. Pendant ce temps, le bateau continue sa route vers les Bermudes, sans J.C., sans même une minute de silence à sa mémoire... et sans que personne ne sache qui l'a poussé, accidentellement ou intentionnellement, vers la mort.

Décidément, il y a quelque chose qui cloche.

* * *

David a envoyé une note à tous les membres d'équipage inscrits sur sa liste pour leur donner l'heure exacte à laquelle chacun d'entre eux doit se présenter à la cafétéria du personnel. Au début, il était nerveux à l'idée d'assumer de nouvelles fonctions. Il n'aime pas mettre son nez dans les affaires des autres, pas plus qu'il n'aime qu'on se mêle des siennes.

Mais il sait que Mitch doit éclaircir le mystère qui entoure la mort de Jean-Charles « J.C. » Ostiguy.

— Les deux jeunes qui ont rapporté l'accident ont probablement raison, admet Mitch un peu plus tard après que David a rencontré une dizaine d'employés. Il devait s'agir de deux garçons qui se bagarraient.

— D'après ce que j'ai entendu dire, fait remarquer David, c'était un vrai salaud qui avait beaucoup d'ennemis. Peut-être que l'autre gars lui en voulait et cherchait vraiment à le tuer.

Mitch fronce les sourcils.

— J'espère que ce n'est pas le cas. Ça compliquerait les choses de se retrouver avec un meurtrier qui avait un motif.

— Qu'est-ce que tu veux dire ?

— Le capitaine Aragonis n'arrête pas de me dire que si l'on ne trouve pas d'explication logique à cet accident, les passagers commenceront à s'inquiéter. Ils sont tous à bord du *Mystique* pour prendre des vacances et oublier leurs tracas...

— Et la mort suspecte d'un passager n'aide pas vraiment à créer une ambiance de détente.

— Exactement.

Mitch secoue la tête.

— Certains passagers plus âgés n'osent plus aller se promener sur le pont parce qu'ils ont peur qu'un autre accident ne survienne. Ils croient que les bastingages devraient être plus hauts. Et ce matin, j'ai déjà reçu deux appels de personnes qui sont convaincues que quelqu'un est entré dans leur cabine. Elles disent que des choses ont été déplacées et qu'il leur manque de petites sommes d'argent.

— La peur est un phénomène étrange, déclare David. Elle prend des proportions alarmantes si on n'intervient pas rapidement.

Mitch le dévisage.

— Tu ferais un bon policier, David. Tu y as déjà pensé ?

David se met à rire.

— Non, jamais. J'aime trop naviguer.

Le lieutenant hausse les épaules.

— Je suis content que tu nous donnes un coup de main. Il y a des tas de gens à interroger. Au travail !

Au bout de quelques heures passées à poser les mêmes questions et à écrire les mêmes réponses, David commence à avoir l'impression que tous ces interrogatoires sont inutiles. Qu'ils disent la vérité ou non, les gens ont toujours une réponse quand on leur demande : « Où étiez-vous quand... » Et personne ne semble avoir vu ni entendu quoi que ce soit.

Pourtant, David doit faire son travail. Il ouvre la chemise suivante, qui contient les demandes d'emploi des cinq membres du groupe *Réflexe*. Il prend connaissance des dossiers personnel, professionnel et médical de chaque musicien. Quatre d'entre eux sont ensemble depuis trois ans. Ils jouent dans des bars de la région de Toronto. Ils sont très en demande et gagnent assez bien leur vie. Ils ont été impliqués dans quelques bagarres à la sortie des bars et l'un d'entre eux, le batteur, a été arrêté pour possession de cocaïne. Le groupe a enregistré un album qui n'a pas connu beaucoup de succès. Pourtant, leur spectacle est bien rodé. Les gars sont drôles et dynamiques, et leur répertoire se compose de succès du top 50 et de classiques du rock'n'roll.

Le chanteur, quant à lui, est un peu différent. Nelson Morrow a quitté le groupe pendant six mois. Au début, David ne voit aucune note expliquant son absence.

Il lit les renseignements personnels portant sur le jeune homme. L'adresse de Morrow durant cette période est celle d'un casier postal, ce qui peut signifier qu'il était à l'étranger, entre autres.

Puis, en parcourant le résumé de son dossier médical, David aperçoit une note concernant le séjour de Nelson Morrow dans un centre de réhabilitation de Toronto. « C'est donc ça ! se dit David. Abus de drogue ou d'alcool ? » se demande-t-il. En tout cas, ce gars-là avait un problème. Et probablement un gros, puisqu'il a été parti six mois.

— Salut! Tu voulais me voir?

David lève les yeux et aperçoit le sosie de Rod Stewart, mais avec vingt ans de moins.

— Bonjour. Tu dois être Nelson?

— Oui. Qu'est-ce qu'il y a?

Le chanteur s'empare d'une chaise et s'assoit dessus à califourchon. Il appuie les bras sur le dos de la chaise et y pose le menton tout en regardant David.

— Je suppose que tu dois être au courant à propos du garçon qui est tombé à la mer la nuit dernière.

— Ouais. J'ai entendu dire qu'il se battait avec un autre gars. L'autre devait avoir trop bu et ils en sont venus aux mains.

David dévisage Nelson avec intérêt. Est-ce par pure coïncidence qu'il a parlé d'alcool?

— On ne sait pas encore ce qui s'est passé exactement, répond David avec précaution. J'ai quelques questions à te poser.

— Vas-y.

— Où étais-tu entre minuit et deux heures ce matin?

Nelson le considère durement.

— Hé! qu'est-ce que ça veut dire? Je croyais que vous vouliez savoir si j'avais vu ce gars se disputer avec quelqu'un, si j'avais remarqué quelque chose de bizarre ou si j'avais vu quoi que ce soit sur le pont...

— Tu peux répondre à ces questions-là aussi si

tu veux, dit David calmement en voyant que Nelson paraît soudain tendu. Mais il faut quand même que je sache où tu étais.

Rouge de colère, Nelson bondit de sa chaise.

— Mon vieux, t'es complètement fou! Vous êtes tous pareils, vous et les flics! Vous croyez que parce que vous vous faites couper les cheveux toutes les deux semaines et que vous portez des chemises empesées, ça vous donne le droit de tout mener. Les gars comme moi qui font de la musique et qui sont un peu différents, vous les traitez comme des ordures. C'est pas vrai, ça? Vous vous imaginez qu'on se pique à longueur de journée et qu'on égorge les gens!

— Je n'ai pas dit ça, proteste David.

— Mais c'est ce que tu penses. Les musiciens sont des drogués qui sont toujours en train de faire la noce et qui n'ont rien d'autre en tête que les filles et la coke.

— Je n'ai pas dit ça non plus.

Le poing de Nelson s'abat sur la table.

— Non, mais vous le pensez tous! rugit-il. Ça se voit dans tes yeux. Tu nous prends pour le rebut de la société.

— Assieds-toi, dit David tout bas en voyant que les officiers installés aux autres tables les observent. Je dois poser cette question à tout le monde. Ne crois pas que je te vise personnellement. Alors, où étais-tu entre minuit et deux heures?

— Bon sang, sers-toi de ta tête!

Nelson se laisse tomber sur la chaise en poussant un grognement.

— Je chantais au club ! Il était passé deux heures trente quand on a eu fini de tout ranger.

— Et tu y es resté toute la soirée ?

— Bien sûr.

— Tu n'as pas pris de pause pendant l'entracte pour aller faire un tour sur le pont ?

Nelson le foudroie du regard.

— Écoute-moi bien, matelot. Je n'ai pas quitté le club une seule seconde. Si tu ne me crois pas, tu n'as qu'à demander à Bob, à Tim, à Carl ou à Mario, les autres membres du groupe. Ils te le diront, eux.

David hoche la tête.

— Merci. Je le ferai. Tu peux partir.

Nelson lance un regard noir à David, enfouit les mains dans les poches de ses jeans et se dirige à grands pas vers la sortie de la cafétéria.

Après son départ, David inscrit un X rouge dans le haut du questionnaire de Nelson Morrow. Il n'en est pas certain, mais il a le pressentiment que le chanteur lui cache quelque chose. Il tend le dossier à Mitch et lui recommande de l'interroger plus à fond.

* * *

Sandrine rejoint Édith à la cafétéria pour dîner. Elle commande un hamburger au fromage, des frites et de la salade. Tandis que les deux amies

81

bavardent tout en mangeant, Sandrine remarque que deux jeunes hommes sont installés à une table à l'autre bout de la salle, à l'endroit où l'on interroge tous les membres d'équipage.

Il s'agit de Nelson et de David. On dirait qu'ils se disputent.

Après avoir pris une bouchée de son sandwich, Édith lève les yeux.

— Je me demande ce qui se passe là-bas.

— Ils enquêtent sur la mort de J.C. Tout le personnel doit répondre à une série de questions, explique Sandrine.

— Personne ne m'a encore demandé quoi que ce soit, fait remarquer Édith avec un soupçon de déception dans la voix.

— Ça viendra. Mais ce n'est pas grand-chose. Ils veulent seulement savoir où tout le monde était quand c'est arrivé. Dis-leur que tu dormais dans la cabine, un point c'est tout.

— C'est la vérité, de toute façon. Mais qu'est-ce que tu leur as dit, toi? Tu étais encore au club à l'heure du drame. Tu ne leur as pas raconté ça, hein?

— Non, admet Sandrine d'un air coupable. J'ai prétendu que j'étais couchée.

— Bien joué. Ça va t'épargner un sermon de madame Turner.

Leur patronne est très stricte quant aux règlements en vigueur sur le bateau.

Édith s'essuie la bouche avec sa serviette et recule sa chaise.

— Il faut que je retourne à la cabine pour écrire des cartes postales à mes parents. Tu devrais le faire aussi, si tu ne veux pas qu'ils te tombent dessus quand tu rentreras chez toi.

Sandrine rit.

— Il faudrait que j'aille en acheter une à la boutique de souvenirs.

— Une ? s'étonne Édith en repoussant une longue mèche de cheveux blonds de son visage. Crois-moi, les parents peuvent devenir franchement désagréables si on ne les enterre pas sous une tonne de courrier quand on n'est pas là. J'ai l'intention de leur envoyer une carte chaque jour. Du moins, pendant les deux premières semaines.

Sandrine finit sa boisson gazeuse et jette à la poubelle le contenu de son plateau. Tandis qu'elle se dirige vers la sortie, Nelson se lève d'un bond de la table où David et lui étaient installés et sort de la cafétéria comme un ouragan. Il a l'air si furieux qu'il ne remarque même pas que Sandrine est là, et ce, même s'il a failli la bousculer au passage.

David le regarde s'éloigner, l'air perplexe. Lorsqu'il aperçoit Sandrine, son visage s'éclaire immédiatement.

— Salut. Je ne savais pas que tu étais là.

— Je n'avais pas encore dîné, explique-t-elle en souriant.

David consulte sa montre.

— Je ne m'étais pas rendu compte qu'il était si tard.

— Comment se déroulent les entrevues?

— Ça va. On n'a rien appris d'intéressant jusqu'à maintenant.

Il jette un coup d'œil vers la porte que Nelson vient de franchir.

— En tout cas, pas grand-chose.

Il s'humecte les lèvres d'un air songeur.

— Je me demandais si tu avais quelque chose de prévu pour ce soir.

Sandrine le regarde d'un air interrogateur. «C'est presque trop beau pour être vrai, se dit-elle. Deux garçons s'intéressent à moi!»

— Je travaille jusqu'à vingt-trois heures. Tu voulais qu'on sorte?

— Qu'on sorte?

Soudain, il paraît moins sûr de lui, comme s'il voulait d'abord voir la réaction de Sandrine.

— Pas exactement, bredouille-t-il. Je me disais que puisque c'est la première fois que tu allais aux Bermudes, tu aurais peut-être aimé que je te donne quelques brochures, question de savoir où sont les plus belles plages, les endroits les plus intéressants à visiter, les meilleures boutiques de t-shirts...

— Ah! fait Sandrine, un peu déçue.

Mais elle se console en se disant que David n'est pas le genre de gars qu'elle cherche. Il est peut-être gentil, mais il est trop sérieux, trop organisé... trop comme Martin. Il voudra sans doute la mener par le bout du nez et Sandrine s'est juré de ne plus se laisser prendre à ce petit jeu.

— Je peux peut-être aller chercher les brochures après le travail. J'ai déjà des projets pour ce soir, alors je ne pourrai pas rester longtemps.

David se raidit et son sourire se fige.

— Ce n'est pas grave. Bien sûr, tu as des projets. J'aurais dû m'en douter...

Il réfléchit un instant.

— J'ai encore quelques questions à te poser à propos de la nuit dernière.

— Tu veux parler de l'accident de J.C.?

Il acquiesce d'un signe de tête.

— Le connaissais-tu bien?

— Non, pas vraiment. Je ne lui ai parlé qu'une fois, et c'était bien assez.

Elle plisse le nez d'un air dégoûté et remarque que David la fixe avec intérêt.

— Il était ivre et grossier, s'empresse-t-elle d'expliquer. À part cela, je n'avais rien contre lui.

— Et tu n'as pas vu ni entendu quoi que ce soit d'étrange?

— Non, rien. Est-ce qu'on a averti ses parents?

Le visage de David s'assombrit.

— Un représentant des croisières *El Mundo* essaie de joindre les parents de J.C. à Montréal. Je ne voudrais pas être à sa place.

— Moi non plus, dit Sandrine doucement.

Elle est pressée d'en finir avec cette conversation. Chaque fois qu'elle regarde les yeux bruns et perçants de David, elle se sent coupable d'avoir menti.

— Tu as d'autres questions à me poser?

— Non. Mais si tu te rappelles quoi que ce soit que J.C. ou ses amis ont dit et qui pourrait nous aider à identifier la personne qui se disputait avec lui...

— Je te le ferai savoir, promet-elle. Et je passerai chercher les brochures.

— Parfait, dit David en lui faisant un petit signe de la main.

Sandrine tourne les talons et s'éloigne d'un pas vif. Elle a la nausée, comme si elle allait vomir son dîner. «Ne te rends pas malade avec ça, se dit-elle. Après tout, un petit mensonge sans conséquence ne peut pas faire grand mal.»

Chapitre 6

Le cœur serré, David regarde Sandrine s'éloigner. Mitch avait raison. Il n'aurait pas dû attendre. Il aurait dû aller la trouver hier et l'inviter tout de suite.

«Je suis un vrai lâche!» pense-t-il, complètement dégoûté. Il y a un instant à peine, il n'a même pas eu le cran d'admettre qu'il voulait aller danser avec elle. Il s'est servi de ces brochures ridicules comme prétexte. Pourquoi faut-il toujours qu'il soit aussi timide avec les filles?

Mitch entre dans la cafétéria au moment où David broie du noir. Le lieutenant a l'air préoccupé quand il s'assoit en face de lui.

— Qu'est-ce qui ne va pas? demande David.

— Tu te souviens, je t'ai dit que quelques passagers se sont plaints qu'on était entré dans leur chambre?

— Oui.

— Eh bien, j'ai reçu cinq autres plaintes aujourd'hui. Et ces gens sont certains qu'on leur a volé de l'argent.

— C'est vrai ?

Mitch se frotte le front.

— Ouais. On n'a pourtant pas besoin de ça maintenant.

— Tu ne crois pas que les vols soient liés à ce qui est arrivé à J.C., n'est-ce pas ? demande David.

— Pas du tout. Le vol dans les chambres est un problème fréquent sur les bateaux de croisière et dans les hôtels. Mais j'aurais préféré que ça ne survienne pas maintenant, alors qu'on essaie de trouver qui a poussé ce jeune par-dessus bord.

David approuve d'un signe de tête. Il n'a pas le droit de penser à ses problèmes avec les filles dans un moment comme celui-ci.

Il chasse Sandrine de ses pensées.

— Alors, qu'est-ce qu'on fait maintenant ?

— Continue les entrevues. Je vais demander qu'on fasse paraître un avis dans le bulletin des passagers aujourd'hui pour qu'ils ne laissent aucun objet de valeur dans leur cabine.

Mitch réfléchit pendant quelques secondes.

— Quand tu te déplaces sur le bateau, garde l'œil ouvert au cas où tu verrais quelqu'un rôder près d'une cabine qui n'est pas la sienne. Je vais prévenir les préposés à l'entretien pour qu'ils en fassent autant et qu'ils signalent la présence de grosses sommes d'argent dans les cabines.

— Tu crois que le voleur serait assez fou pour cacher le magot dans sa propre cabine ?

— On ne sait jamais.

Le regard de Mitch se durcit.

— C'est trop tôt pour dire si on a affaire à un pro ou à un amateur. Chose certaine, même les professionnels font des erreurs stupides parfois.

— Est-ce que ça pourrait être un préposé ?

Mitch grimace.

— J'espère que non. On passe tous les candidats au crible. Les employés savent que s'ils se font prendre à voler, ils sont congédiés sur-le-champ et livrés à la police. Ça ne s'est produit qu'une fois au cours des trois années que j'ai passées avec les croisières *El Mundo*.

David secoue la tête. Qui aurait cru qu'une croisière de rêve pouvait se changer en un cauchemar pareil ?

— Penses-tu qu'on va finir par attraper le coupable ?

Mitch a l'air mécontent, mais la détermination se lit dans ses yeux.

— Je te garantis qu'on va mettre la main au collet de ce type tellement vite qu'il n'aura même pas le temps de comprendre ce qui lui arrive.

* * *

En sortant de la cafétéria, Sandrine emprunte l'escalier de service pour se rendre au bord de la piscine. Il lui reste dix minutes avant de reprendre le travail et elle veut aller voir comment se porte Marie-France.

Elle trouve la jeune fille assise à une table au

bord de la piscine. Christelle et François sont dans l'eau et jouent au ballon. Christelle se tient dans la partie peu profonde, comme si elle ne voulait pas se mouiller les cheveux, et Sandrine se demande en la voyant si elle a peur de l'eau, elle aussi. François, lui, fait du surplace et a de l'eau jusqu'au cou.

Marc est assis près de la piscine et lit un magazine d'automobiles. Patricia se fait tirer les cartes par Marie-France. Elle a un sourire amusé, comme si elle se pliait volontiers aux fantaisies de son amie, mais sans trop y croire.

Lorsque ses yeux se posent sur Marie-France, Sandrine éprouve immédiatement de la pitié. Hier, cette jeune fille célébrait la fin de ses études secondaires avec son petit ami. Aujourd'hui, il n'est plus là... et il ne reviendra jamais.

Un vif sentiment de solitude s'empare de Sandrine. Martin est parti, lui aussi, même si ce n'est pas tout à fait pareil. Il l'a forcée à choisir entre lui et son travail, et il a perdu. Même si Édith prétend qu'il l'attendra à la fin de l'été, Sandrine le connaît trop bien pour en être aussi sûre. Martin est obsédé par l'idée d'avoir toujours le dernier mot. Il est bien trop orgueilleux pour revenir sur sa décision.

Marie-France est penchée au-dessus des grandes cartes colorées disposées en croix sur la table. Elle fronce les sourcils en fixant la carte du milieu et marmonne quelque chose à voix basse.

— Salut, dit Sandrine sans savoir quoi ajouter ensuite.

Patricia lève la tête et lui sourit timidement. Marie-France, elle, ne quitte pas les cartes des yeux.

— Je... euh... je voulais savoir comment tu allais, dit Sandrine en bafouillant et en s'assoyant à côté de Marie-France. Je ne te connais pas très bien, mais je tenais à te dire que je suis désolée.

— Désolée?

Marie-France finit par lever les yeux. Elle regarde Sandrine d'un œil mauvais, comme si elle ne comprenait pas ce qu'elle veut dire.

— Oui... À propos de J.C.

De nouveau, les yeux violets de Marie-France se posent sur les cartes. De son long doigt, la jeune fille désigne une carte appelée la «Papesse». Ses ongles sont laqués rouge sang avec une délicate rose noire au centre.

— Je sens le danger, siffle-t-elle.

Patricia rigole.

— Tu entends ça, Marc? Le danger me guette.

Son petit ami lance un regard irrité en direction de Marie-France avant de se replonger dans son magazine.

— Elle raconte des conneries. Pourquoi tu l'écoutes?

— Ça me fait rire, proteste Pat. Et comme tu as eu l'air bougon toute la journée, ça me distrait.

Sandrine observe les membres du groupe avec étonnement. Même s'ils semblaient bouleversés il y a quelques heures à peine, ça ne paraît plus du tout qu'ils viennent de perdre un ami intime.

— Il y a du danger... mais pas pour toi, poursuit Marie-France d'un ton monocorde et sinistre. Quelqu'un près de toi est menacé.

Un muscle de la joue de Patricia tressaille.

— Tu veux parler de J.C. ?

— Il fait maintenant partie du passé, répond Marie-France dans un murmure rauque. Les cartes l'avaient mis en garde, mais il n'a pas voulu écouter.

Elle fait une pause, le visage impassible.

— Le danger guette aussi d'autres personnes. L'une d'elles mourra... subitement.

Marc laisse tomber son magazine par terre, se lève en trombe et se rue vers Marie-France.

— Ferme-la ! crie-t-il en balayant les cartes d'un grand geste de la main. Tu perds la boule encore une fois, Marie.

Il se penche au-dessus de la table et s'appuie sur ses bras tendus, le visage à quelques centimètres seulement de celui de Marie-France.

— J.C. est mort ! Raide mort, O.K. ? Il ne reviendra pas !

Sa voix tremble et ses yeux lancent des éclairs.

Horrifiée, Sandrine se lève pour le repousser. Mais François sort rapidement de la piscine et retient son ami.

— Qu'est-ce qui te prend ? Elle sait tout ça, Marc ! Laisse-la faire ce qu'elle veut pour s'en sortir !

— Ce n'est pas sain pour elle de retenir tout en

dedans et de continuer à croire ces stupides cartes !
s'écrie Marc.

Marie-France le dévisage.

— Il n'est pas tombé tout seul, tu sais.

— Je sais, dit François tandis que Christelle le
rejoint. Je vous ai dit qu'on avait vu quelqu'un le
frapper.

— Il était rusé quand venait le temps de jouer
des tours. Trop rusé pour être tombé, continue
Marie-France sans tenir compte de la remarque de
François. Il faisait peut-être le clown. Je ne sais
vraiment pas ce qui a pu...

— Bon sang, elle est complètement perdue,
grogne François.

— Viens, Marie, dit Christelle en prenant son
amie par le bras. Allons te chercher une bonne
tasse de café.

— Non, pas de café, dit Patricia énergique-
ment. Elle n'a pas fermé l'œil de la nuit. Elle n'a
pas besoin de ça en plus. Une tisane ferait l'affaire.

— Je vais en chercher, propose Christelle qui se
dirige déjà vers la cafétéria.

Marie-France se laisse glisser sur sa chaise et
tombe à genoux sur la terrasse. Elle commence à
ramasser ses cartes éparpillées un peu partout.

Sandrine s'agenouille pour l'aider. Marc fait
mine de se pencher aussi, mais François l'entraîne
vers le bastingage pour discuter à voix basse.

— Je ne voulais pas te mettre en colère, dit
Sandrine qui marche à quatre pattes sur les lattes

de bois pour récupérer les tarots. Je tenais seulement à ce que tu saches que je sais ce que tu ressens.

Marie-France s'assoit sur ses talons nus et la dévisage.

— Non, dit-elle d'un ton glacial. Tu ne comprends pas.

Sandrine se mord la lèvre.

— Ne te fâche pas. Je voulais juste...

— Tu voulais quoi?

Les yeux de Marie-France retrouvent soudain leur éclat.

— Tu voulais me voler mon *chum*? Je t'ai vue flirter avec J.C. hier soir.

— Moi, je flirtais avec lui? s'étonne Sandrine. Je n'ai rien fait. Et dès que je lui ai dit que je ne voulais rien savoir de lui, il s'est presque jeté sur ma copine!

— Ça ne me surprend pas venant de deux filles qui travaillent au salaire minimum! lance Marie-France. C'était quoi, votre plan? Décrocher un emploi sur un luxueux paquebot et essayer de vous trouver des gars riches?

— Non! dit Sandrine, le souffle coupé. On n'a jamais...

Marie-France la pousse violemment et Sandrine tombe sur le derrière.

— Ne t'approche pas de moi! s'écrie Marie-France. Ni de mes amis! On ne veut pas de toi!

Sandrine se relève. Mais combien de personnalités cette fille a-t-elle donc? D'abord elle se montre sous les traits d'une cartomancienne un peu évaporée, et l'instant d'après, elle se met à hurler comme une hystérique et à accuser des innocents.

— Tiens.

Un gobelet en polystyrène apparaît entre elles. Christelle sourit à son amie d'un air encourageant.

— Bois ça, Marie. C'est une tisane à la menthe. Ça te fera du bien. Ça t'aidera à te détendre.

Sandrine se tient à l'écart, mal à l'aise.

— Elle est secouée, souffle Patricia à son oreille. Ne t'en fais pas. J.C. était un grand séducteur. Quand il avait bu, il flirtait avec toutes les filles. La seule raison pour laquelle il n'a jamais tenté sa chance avec Christelle et moi, c'est que Marc et François lui avaient dit qu'ils lui flanqueraient une raclée s'il posait un doigt sur nous.

— Toute une bande d'amis... observe Sandrine.

Patricia secoue la tête.

— Tu ne comprends pas. On est ensemble depuis la troisième année. On se connaît depuis toujours et on prend soin les uns des autres.

Une larme apparaît au coin de ses yeux.

— Et même s'il avait un sale caractère, c'est dur de perdre J.C. C'est dur pour tout le monde. Je crois qu'on ne se rend pas compte encore de ce qui s'est passé. Et Marie-France, bien... elle essaie d'être courageuse.

— Alors elle s'installe avec ses cartes et fait

peur à ses amis en leur racontant des histoires à dormir debout ?

Patricia soupire.

— Elle a commencé à s'intéresser au tarot et aux sciences occultes l'année dernière. Au début, c'était seulement pour s'amuser, puis elle s'est mise à prendre ça plus au sérieux. Maintenant, on dirait que ça la réconforte de savoir lire les cartes.

— Moi, je pense qu'elle aurait besoin d'un bon psychiatre, fait remarquer Sandrine.

— Non, dit Patricia d'un ton mélancolique. Marie-France est comme ça, c'est tout. Je crois qu'elle aime attirer l'attention.

Sandrine se retourne pour regarder la jeune fille qui sirote sa tisane en tirant les cartes ; c'est pour Christelle cette fois. Après avoir étudié le premier tarot, Marie-France regarde son amie avec tristesse.

— Tu vas perdre un proche.

Christelle s'efforce de prendre un air grave et entre dans son jeu.

— Peut-être que je le retrouverai.

Marie-France secoue la tête, la mine sinistre.

— Il y a des forces dans nos vies que seules les cartes peuvent voir. Elles commandent nos faits et gestes, et nous ne pouvons que leur obéir. On ne peut pas leur résister.

Elle se tourne et jette un regard furieux à Sandrine.

— Quelqu'un d'autre mourra.

* * *

Patricia regarde la jolie brunette s'éloigner dans son uniforme de femme de chambre. Sandrine a paru ébranlée en entendant la prédiction de Marie-France. Mais d'une certaine façon, Pat envie la jeune fille. Cette croisière semble mal partie depuis le début. Sandrine ne connaît pas la moitié de l'histoire, mais Patricia se dit qu'elle en sait déjà trop.

Elle songe à quel point elle avait hâte de terminer son secondaire. Puis tout s'est bousculé : les examens, l'admission au cégep, le bal de fin d'année. Pat était si excitée qu'elle n'a presque pas mangé ni dormi au cours des deux derniers mois. Elle souhaitait que tout ça ne finisse jamais.

Quand les parents de Marie-France ont annoncé qu'ils offraient une croisière non seulement à leur fille et à J.C., mais aussi à ses quatre meilleurs amis, c'était comme un rêve devenu réalité.

Même si les parents de Christelle et ceux de François ont beaucoup d'argent, ceux de Patricia travaillent dur pour subvenir aux besoins de Pat et de ses trois frères.

Pourtant, la famille Chénier vit bien comparativement à celle de Marc, dont les parents ne parviennent pas à joindre les deux bouts. Quand Marc veut quelque chose, que ce soit aller au cinéma, au restaurant ou encore acheter l'annuaire ou la bague des élèves de cinquième secondaire, il faut qu'il travaille pour gagner de l'argent. Patricia sait qu'il souffre de ne pas avoir d'argent à jeter par les fenêtres comme les autres de la bande, mais elle ne se doutait pas, avant ce voyage, que ça l'embarrassait autant.

Marc s'est montré tendu et de mauvaise humeur depuis le jour où ils ont quitté Montréal. J.C. n'a fait qu'aggraver la situation en étant toujours sur son dos.

— T'es *cheap*, Michaud, l'a-t-il taquiné au café où ils se sont arrêtés avant de monter sur le bateau.

Il a poussé l'addition vers Marc en essayant de le forcer à la prendre. Marc est devenu tout rouge et a fait semblant de n'avoir rien vu. C'est monsieur Soly, le père de Marie-France, qui a fini par payer.

Hier soir, Patricia s'est aperçue que J.C. continuait à harceler Marc. Mais comme il s'en est pris à chacun des membres de la bande un jour ou l'autre, elle a fait comme si de rien n'était.

Elle regarde Marie-France qui est complètement absorbée par son jeu de tarots.

À quoi pense-t-elle tandis qu'elle fixe les cartes? Patricia est parcourue d'un frisson. Elle a un mauvais pressentiment. Marc a raison: Marie-France est de plus en plus bizarre. Mais est-elle vraiment sérieuse quand elle dit que quelqu'un d'autre mourra?

La gorge de Patricia se serre. La jeune fille ferme les yeux. «Quelqu'un près de moi est menacé», se dit-elle. Ses frères, sa mère, son père... ou Marc? Comment pourrait-elle survivre s'il arrivait malheur à l'un d'eux? À moins que

Marie-France n'ait voulu dire quelqu'un près d'elle physiquement? Il pourrait alors s'agir d'une personne qui se tenait près d'elle, comme Christelle ou Sandrine...

* * *

Marc observe Patricia de l'autre côté de la piscine. Son estomac se noue lorsqu'il songe à la scène fatale qui s'est jouée sur le pont la nuit dernière.

Il revoit mentalement le moment où J.C. a menacé de le dénoncer. Bien entendu, J.C. espérait le faire chanter. Ses menaces ont rendu Marc furieux, mais c'est ce que J.C. voulait: il adorait pousser les autres à bout. Il aimait provoquer des discussions, parfois même des disputes, juste pour le plaisir de faire pleurer une fille ou de déclencher une bagarre entre deux gars. Il excellait dans l'art de mettre les gens hors d'eux.

«J'aurais dû me méfier, pense Marc avec remords. J'aurais dû le laisser parler.»

Mais que serait-il arrivé s'il avait accepté d'acheter le silence de J.C.? Combien de temps ce dernier aurait-il gardé le secret?

«Oh! J.C.! Pourquoi?» pense Marc.

Il ferme les yeux. L'image de son ami donnant contre la rambarde et passant par-dessus bord revient sans cesse dans son esprit. C'est si terrible que c'est presque impossible de croire que c'est arrivé. Pourtant, il n'a pas rêvé. Il a senti la mâchoire de J.C. contre son poing et il l'a vu plonger si rapidement dans le vide qu'il n'a pas pu faire quoi que ce soit pour le sauver.

Malgré tout, Marc se dit soudain qu'il y a quelque chose qui ne tourne pas rond.

Il regarde ses mains et serre et desserre les poings tout en réfléchissant. Qu'est-ce que c'est? Il y a quelque chose qui cloche à propos du moment où J.C. a crié en basculant dans le vide.

De nouveau, Marc ferme les yeux et essaie de revivre la scène, avec tout ce qu'il a vu et entendu alors. Mais c'est inutile. Les détails lui échappent.

Marc cligne des yeux et regarde Patricia de l'autre côté de la piscine. Elle est si jolie dans son deux-pièces blanc, avec ses cheveux blonds retenus en une tresse française. Elle est gentille aussi, et pas snob pour un sou, contrairement à la plupart des filles que fréquente Marie-France.

Il a une boule dans la gorge. Quand elle apprendra qu'il est un voleur et qu'il a tué J.C., elle le laissera sûrement tomber. Mais ça n'a pas d'importance puisqu'il passera le reste de ses jours en prison. Anéanti, Marc enfouit sa tête dans ses mains en gémissant. Il n'y a aucune issue.

Chapitre 7

Sandrine entre au *Neptune* en compagnie d'Édith. Les musiciens du groupe *Réflexe* jouent un calypso et presque tout le monde est sur la piste de danse. Afin de donner un petit air des Îles à leur musique, ils ont ajouté un tam-tam à leurs instruments. Sandrine se sent soulevée par le rythme antillais qui emplit la salle. Elle arrive même à oublier la tragédie de la veille.

— C'est super! lui crie Édith à l'oreille.

Sandrine approuve d'un signe de tête et regarde autour d'elle. Des tons de bleu et de vert délavés décorent le club. Une plaque d'acier inoxydable forme la piste de danse où se reflètent les murs aux couleurs de l'océan. Des guéridons juste assez grands pour y mettre deux ou trois verres entourent la scène et la piste de danse.

Sandrine cherche Nelson du regard sur la scène et l'aperçoit. Presque immédiatement, les yeux du chanteur croisent les siens et Nelson lui fait un clin d'œil.

Édith la tire par le bras.

— C'est lui ? demande-t-elle, le souffle coupé. Mais je rêve ! C'est un vrai dieu !

— Il s'appelle Nelson.

— *Wow* ! Et il chante en plus ?

— Je t'avais bien dit qu'il avait du talent ! crie Sandrine pour couvrir le bruit de la musique.

— Oh ! je veux danser ! s'exclame Édith d'une voix aiguë en regardant autour d'elle pour trouver un partenaire.

Sandrine rit, mais elle meurt d'envie de danser aussi. C'est presque impossible de rester assis quand les musiciens de *Réflexe* chantent un succès de l'heure.

Le souhait des deux amies se réalise : quelqu'un leur tape sur l'épaule. Sandrine se retourne, le sourire aux lèvres.

— Tu veux danser ? demande un petit garçon qui doit avoir huit ans tout au plus.

Sandrine reste bouche bée et se tourne vers Édith, devant qui se tient un autre garçon encore plus jeune que le premier. De toute évidence, le club n'est pas réservé aux adultes. Des familles entières sont venues s'amuser.

— Bien sûr ! Pourquoi pas ? s'empresse de répondre Sandrine qui espère que son moment d'hésitation n'a pas vexé le garçonnet.

Édith fait la grimace mais finit par accepter l'invitation de l'autre garçon. Ils se retrouvent tous les quatre parmi la foule sur la piste de danse. La chanson est terminée au bout d'une minute à peine, mais Sandrine promet à son jeune partenaire de lui réserver une autre danse.

Un instant plus tard, toutefois, elle aperçoit les parents du garçon qui l'entraînent à l'extérieur du club en compagnie de son copain. « Ils vont probablement se coucher, pense-t-elle. Il est passé vingt-deux heures. »

— Ton partenaire t'a laissée tomber? demande une voix familière.

Sandrine pivote, rayonnante.

— Il m'a quittée pour une autre.

Nelson rejette la tête en arrière et éclate de rire.

— C'était gentil de ta part de danser avec lui.

Son regard se pose sur Édith.

— Vous avez été des anges. Les enfants n'oublient pas ce genre d'attention là. Si vous aviez refusé leur invitation, ils se seraient sentis rejetés.

— C'était amusant, dit Sandrine. J'ai toujours voulu avoir un petit frère. Mais j'ai plutôt eu deux sœurs.

Nelson dévisage toujours Édith d'un air étrange. Quant à cette dernière, elle le regarde comme s'il était un dieu grec descendant du mont Olympe.

Sandrine toussote pour attirer leur attention.

— Euh... Nelson, voici ma meilleure amie, Édith Jobin. Édith, je te présente Nelson Morrow, chanteur soliste du groupe *Réflexe*.

Édith lui tend la main, radieuse.

— Vous êtes vraiment extraordinaires ! J'ai

adoré la pièce que vous venez de faire !

— Merci, dit Nelson. Hé ! ton visage m'est vaguement familier. Est-ce qu'on s'est déjà vus quelque part ?

Édith hausse les épaules.

— Tu es déjà allé à Hull ?

— Non.

— Alors les chances sont minces qu'on se soit déjà rencontrés. Je ne quitte pas souvent mon coin de pays.

— Tu n'es pas chanteuse ? demande Nelson.

— Non, mais Sandrine fait de la danse, dit-elle en la poussant en avant.

— Je ne suis pas une professionnelle, dit Sandrine. Pas encore. Mais j'espère le devenir un jour.

— C'est vrai ? Tu pourrais te trouver du travail sur un bateau de croisière comme celui-ci.

— C'est ce qu'elle a en tête. On essaie de trouver une façon de se débarrasser d'une des danseuses pour que Sandrine puisse prendre sa place, ajoute Édith tout bas.

Nelson s'esclaffe.

— Ce n'est pas une mauvaise idée !

Sandrine donne une tape amicale sur le bras d'Édith.

— Arrêtez, vous deux ! Ce n'est pas drôle. Je vais seulement les regarder répéter et leur demander de me donner quelques tuyaux en vue des auditions. Je veux vraiment décrocher un emploi de danseuse l'été prochain.

— Décrocher un emploi! s'écrie Nelson en riant si fort que les gens se retournent aux tables avoisinantes. C'est ça!

— Quoi? demande Sandrine qui n'y comprend rien.

Il prend le visage d'Édith entre ses mains et le regarde attentivement, comme s'il était un artiste peintre étudiant les traits d'un sujet.

— Je me rappelle maintenant où je t'ai vue! Quand le groupe a auditionné pour cet engagement-là, il fallait non seulement envoyer un démo, mais aussi rencontrer deux membres de la direction. Les gars et moi, on s'est retrouvés à Manhattan dans le bureau d'un des grands patrons des croisières *El Mundo*.

Édith le regarde fixement.

— Mais je n'étais pas là.

— Non, mais ta photo y était, répond Nelson. Sur le bureau de l'homme avec qui on avait rendez-vous, il y avait un cadre doré. Je n'ai pas pu m'empêcher de regarder et je lui ai dit que la demoiselle sur la photo était très jolie. Il m'a dit que c'était le portrait de sa fille.

Le visage d'Édith s'éclaire.

— Tu veux dire que c'est mon père qui vous a engagés?

— Oui. Le monde est petit, hein?

— En tout cas, il a bien fait de vous choisir. Vous êtes vraiment formidables, dit Sandrine qui se sent un peu à l'écart.

Nelson se tourne vers elle et passe un bras autour de sa taille.

— Merci, ma belle. Est-ce que vous allez rester ? On pourrait faire quelque chose après le spectacle.

— Bien sûr, répond Sandrine. Mais on dirait bien que toutes les tables sont prises.

— Je vais arranger ça.

Nelson fait de grands signes à un homme en smoking et lui crie :

— Essaie de trouver une table pour ces deux demoiselles !

Cinq minutes plus tard, une table pour deux a été installée devant la scène. Sandrine et Édith s'assoient et regardent Nelson et son groupe interpréter de façon magistrale un récent succès de Bon Jovi.

Trois chansons plus tard, Sandrine n'a pas quitté Nelson des yeux. Quelques gars l'invitent à danser et chaque fois, elle accepte avec enthousiasme. Mais tout en dansant, elle jette de fréquents coups d'œil vers la scène. Elle ne veut pas manquer une seule minute de la performance de Nelson.

De son côté, Édith fait un malheur. Elle a déjà dansé avec les trois plus beaux gars du club.

— Tu vois ! crie-t-elle à Sandrine tandis qu'elle passe devant elle avec son partenaire. Ce n'est pas bien difficile d'oublier Martin !

Sandrine ne pensait plus du tout à lui... jusqu'à présent. Et voilà que la blessure se ravive... Tout à

coup, elle se sent aussi molle qu'un ballon dégon-
flé. La musique lui parvient maintenant de plus
loin et Sandrine se demande si ce ne serait pas une
bonne idée de retourner à sa cabine pour récupérer
les heures de sommeil perdues.

Au moment où elle se lève, elle entend Nelson
entonner un succès des *BB*. Elle sent les larmes lui
piquer les yeux. Martin n'aime pas beaucoup
danser, mais lors de la soirée de fin d'année, elle
s'est sentie si bien au creux de ses bras.

Baissant la tête pour qu'on ne remarque pas
qu'elle pleure, Sandrine se dirige vers la sortie.

Mais avant qu'elle n'ait fait trois pas, une main
lui saisit le poignet et la fait pivoter. Nelson se tient
devant elle, un micro sans fil à la main et chante :

— *Comme si depuis la nuit des temps, nous
avions rendez-vous, ce soir exactement, les yeux
fermés, le tout pour le tout.*

Elle a les jambes en coton.

Nelson continue à chanter la jolie ballade tout en
reculant. Lorsqu'il entraîne Sandrine sur la piste de
danse, les autres couples s'écartent pour leur laisser
la place. Nelson l'enlace et murmure les paroles dans
son micro, comme s'il chantait rien que pour elle.

Sandrine essuie ses larmes et appuie la tête sur
l'épaule de Nelson. «Peut-être qu'Édith a raison»,
se dit-elle. Elle a besoin d'un gars comme Nelson
qui veut seulement flirter, s'amuser et passer
quelques soirées romantiques. Ça l'aidera à
oublier...

Quel est son nom déjà?

Elle s'entend rire et lève les yeux vers Nelson. Celui-ci lui sourit en prononçant les derniers mots de la chanson:

— *Je t'aime et t'aimerai à jamais... Et toi tu ne le sauras jamais...*

Tandis que résonnent les derniers accords, Nelson se penche et effleure les lèvres de Sandrine. «Maintenant, je suis perdue...» se dit la jeune fille qui fond littéralement dans ses bras.

Le bruit des applaudissements la ramène brusquement à la réalité. Sandrine regarde autour d'elle et rougit en apercevant les visages souriants tournés vers eux.

— Mon Dieu! gémit-elle.

— Ça te gêne? demande Nelson. Tu es très mignonne, tu sais. Ça fait longtemps que je n'ai pas vu une fille rougir.

Sandrine se sent encore plus mal à l'aise, car elle a maintenant l'impression d'avoir été naïve.

— Viens, dit Nelson. C'était la dernière chanson avant l'entracte. On fait une pause de quinze minutes. Je crois que je connais un moyen de te rafraîchir les idées, ma belle.

Sandrine se laisse guider dans la foule. Ils sortent par la porte de derrière et dès qu'ils sont sur le pont, la brise pique ses joues brûlantes.

— On est bien ici, chuchote Sandrine.

— On sera encore mieux dans un instant, ajoute Nelson d'un ton mystérieux.

Il la prend dans ses bras et traverse le pont.

— Où m'emmènes-tu ? hurle-t-elle avec un rire nerveux.

— Je t'ai promis de te rafraîchir les idées.

Ses cheveux blonds flottent au vent. Le parfum épicé de son après-rasage se mêle à l'odeur de la sueur qui lui colle à la peau. Sandrine se dit que c'est une combinaison enivrante.

Puis elle comprend où il l'emmène... La piscine !

— Non ! crie-t-elle.

Nelson rit.

— Y a rien de mieux pour se rafraîchir ! dit-il d'un ton désinvolte sans tenir compte de ses cris de protestation.

— Non ! Oh ! Nelson ! s'il te plaît, ne fais pas ça ! Je n'aime pas... Je n'aime pas l'...

Il ne la jette pas à l'eau. Il saute simplement dans la piscine, les pieds devant, sans la lâcher.

Sandrine a à peine le temps de prendre une grande inspiration et de la retenir avant que l'eau froide ne s'infiltre dans son nez et dans ses vêtements. Ils calent au fond de la piscine comme un sac de briques.

Luttant pour se libérer, Sandrine frappe Nelson à la poitrine. Elle est terrifiée à l'idée qu'il tente de la retenir sous l'eau comme le faisaient les garçons quand elle était enfant.

Mais dès que ses pieds touchent le fond de la piscine, Nelson donne une poussée vers le haut. Ils émergent brusquement à la surface, faisant jaillir l'eau autour d'eux.

Sandrine suffoque et griffe le visage de Nelson. Ce dernier la lâche en poussant un cri stupéfait.

— Hé ! Qu'est-ce qui...

Comme une aveugle, Sandrine monte l'échelle à tâtons. Sa robe trempée pèse une tonne tandis que ses cheveux forment des vrilles dégoulinantes. Quelqu'un se penche et la hisse sur le pont.

— Qu'est-ce qui se passe ici ? demande une voix.

Sandrine plonge le regard dans celui de David lorsqu'il la pose par terre. Elle essuie tant bien que mal l'eau qui lui coule dans les yeux.

— Je... Nous...

Elle se tourne vers Nelson qui sort de la piscine à son tour.

— On s'amusait, monsieur l'officier, dit-il en souriant. La demoiselle a eu un peu chaud en dansant. J'ai cru qu'elle apprécierait une petite baignade.

Une lueur de malice brille dans ses yeux.

Sandrine ne peut pas lui en vouloir. Elle éclate de rire.

— Je ne peux pas croire que tu as fait ça ! Regarde-moi ! Et regarde-toi ! Tu ne peux pas retourner chanter dans cet état-là !

— Avec le rock'n'roll, c'est formidable, ma belle ! On fait ce qui nous plaît !

Il se penche et secoue la tête comme un gros

chien, éclaboussant tout autour de lui. Sa chemise en soie noire et son pantalon moulant lui collent à la peau.

David s'adresse à Sandrine.

— Es-tu certaine que ça va ? Je l'ai vu sauter avec toi. Tu paraissais affolée.

— Il faisait ça pour rire, David.

Elle pose une main rassurante sur son bras.

— Il n'y a pas de mal ! La robe finira par sécher.

Elle rigole.

— Et moi aussi.

Nelson fixe la main de Sandrine sur le bras de David, et un éclair de jalousie traverse son regard.

— Sandrine et moi, on a des projets pour ce soir. Il faut que j'aille rejoindre les gars. Excusez-nous.

Il prend la main de la jeune fille et s'apprête à passer à côté de l'officier.

— Un instant, Morrow, dit David en lui bloquant le chemin. C'était une cascade stupide. Je gage que tu ignores si elle sait nager.

— Elle n'a rien, non ? Alors arrête de faire du zèle, lance Nelson sèchement.

— Surveille ton langage devant les passagers, dit David à voix basse en désignant le petit attroupement qui s'est formé autour d'eux.

— Oh ! fiche-moi la paix ! dit Nelson avec colère en frôlant David au passage.

Après une seconde d'hésitation, Sandrine le suit

en courant. Pendant plusieurs minutes, Nelson marche à grands pas sur le pont en passant sa main dans ses cheveux mouillés.

— Ce gars-là charrie ! fulmine-t-il.

Sandrine soupire et le rejoint quand il finit par ralentir.

— Je suis certaine qu'il fait seulement son travail.

Nelson secoue la tête d'un air déterminé.

— C'est immanquable. Quand on est musicien, on se fait blâmer pour tout. C'est comme ça. Pourtant, il n'y a que quelques gars qui ternissent la réputation des chanteurs.

— Ne t'en occupe pas, dit Sandrine. Il faut que tu retournes au club, non ?

— Ouais, je suppose. Tu viens ?

Elle glousse.

— Comme ça ? Je crois que je vais d'abord aller me changer. Je suis trempée jusqu'aux os.

L'expression de Nelson devient tendue.

— Mais tu vas revenir, hein ?

— Je t'ai dit que oui.

Durant un long moment, il scrute son visage d'un air méfiant.

— Bien, dit-il enfin. Je t'aurai à l'œil.

Il pose un baiser sur sa bouche, comme pour sceller une promesse.

Chapitre 8

En retournant à sa cabine, Sandrine s'efforce de contenir ses émotions. Le simple fait d'être près de Nelson la met dans tous ses états. Ce garçon-là est extrêmement talentueux... et dangereusement fou. Sandrine n'a jamais connu de gars plus sexy et, pour couronner le tout, elle lui plaît! Tout ça lui donne le vertige.

Tandis qu'elle court dans le couloir, laissant une traînée d'eau derrière elle, Sandrine essaie de maîtriser sa respiration haletante. Son pouls ralentit; elle retrouve peu à peu son calme et finit par admettre qu'elle n'éprouve pas seulement de l'attirance pour Nelson.

Ce gars-là lui fait peur.

Bien sûr, il est charmant et drôle. Mais Sandrine ne sait jamais à quoi s'attendre avec lui. Il peut parfois être très gentil, comme lorsqu'il lui a chanté une ballade plus tôt au club. Mais il se montre aussi téméraire et imprudent. C'est David qui l'a tirée de la piscine tout à l'heure. Que se serait-il passé s'il n'avait pas été là ? Est-ce que Nelson se serait rendu compte qu'elle avait une peur morbide de l'eau ? Aurait-il cessé tout de suite son petit jeu ou l'aurait-il torturée en la gardant sous l'eau ?

Sandrine n'en sait rien... et ça l'effraie.

Un bruit derrière elle l'incite à se retourner.

— Nelson ?

L'a-t-il suivie ?

Sandrine croit voir une ombre s'esquiver dans un coin, mais elle n'entend aucun bruit de pas.

— Ressaisis-toi, marmonne-t-elle. Tu ne vas pas croire aux prédictions stupides de Marie-France.

Elle tourne dans le couloir qui mène à sa cabine et s'arrête net. Un garçon se tient devant la cabine à côté de la sienne, l'oreille plaquée contre la porte. Comme il lui tourne le dos, Sandrine ne peut pas voir son visage. Manifestement, il ignore qu'elle est là.

La jeune fille frémit en songeant à la note distribuée aux membres d'équipage leur demandant de signaler la présence de passagers rôdant dans des couloirs autres que le leur. Chose certaine, ce gars-là a l'air suspect.

Devrait-elle rebrousser chemin avant qu'il la voie et courir avertir David ? Non, car si elle s'en va sans avoir vu son visage, elle ne pourra pas donner la description du suspect. Et celui-ci ne sera peut-être plus là quand les officiers chargés de la sécurité arriveront.

S'efforçant d'adopter un air naturel dans sa robe

imbibée d'eau, Sandrine avance dans le couloir en fredonnant à haute voix pour alerter l'individu. Comme elle l'espérait, il virevolte et lui fait face.

Sandrine s'immobilise brusquement, incapable de cacher sa surprise.

— Marc ! Je ne m'attendais pas à te trouver ici !

Le jeune homme devient écarlate.

— Je... euh... je cherchais un distributeur de glaçons qui fonctionne. Celui qui se trouve sur notre pont est défectueux.

Sandrine désigne la porte de la cabine.

— Un distributeur de glaçons ? Là-dedans ?

Marc se mordille la lèvre, l'air nerveux.

— Je passais et j'ai entendu un bruit étrange venant de cette cabine. Je me suis arrêté pour voir ce que c'était.

Sandrine décide de le mettre au pied du mur. Elle ne connaît pas les occupants de la cabine, mais elle est prête à parier qu'ils n'ont fait aucun bruit bizarre. De plus, si Marc a quelque chose à voir avec les vols, ne serait-il pas logique qu'il vérifie s'il y a quelqu'un avant d'entrer dans une chambre ?

Sandrine s'approche. Elle entend des rires qui s'arrêtent immédiatement quand elle frappe à la porte d'un poing ferme.

— Une minute ! crie une voix.

La porte s'ouvre toute grande. Une jeune Asiatique aux longs cheveux noirs et aux jolis yeux en amande s'avance. Elle paraît soulagée en apercevant Sandrine.

— Oh ! salut ! On a cru que c'était quelqu'un d'autre. Qu'est-ce que je peux faire pour toi ?

Elle jette un coup d'œil sur la robe trempée de Sandrine.

— T'apporter une serviette, peut-être ?

Sandrine agrippe Marc par le poignet et entre dans la cabine.

— Non, merci. On passait et on a cru entendre un bruit étrange.

— Un bruit étrange ?

Elle se tourne vers l'autre personne dans la cabine.

— C'est probablement le rire particulier de Julie.

Les deux amies s'esclaffent.

— Je suis désolée, continue la fille. On ne pensait pas qu'on faisait tant de tapage.

Elle tend la main à Sandrine.

— Je m'appelle Kim Lee et voici Julie Brien. Nous travaillons comme danseuses sur le bateau.

— Il me semblait vous avoir reconnues ! dit Sandrine en oubliant Marc pour un instant. Je vous ai vues en spectacle hier soir. Vous étiez super !

Kim a l'air ravie.

— Je suis contente que ça t'ait plu. Ton visage m'est familier. Tu es une passagère ?

— Non, je travaille comme préposée à l'entretien cet été. Je suis Sandrine Lalonde et j'occupe la cabine voisine. L'an prochain, j'aimerais bien faire la même chose que vous.

— C'est vrai ? dit Julie. Tu danses ?

Elle a les cheveux courts et roux, et un nez de lutin. De tous les danseurs de la troupe, c'est celle qui a le moins bien dansé, selon Sandrine. Pourtant, elle semblait travailler fort.

— Oui, je danse depuis l'âge de cinq ans.

Kim la regarde avec incrédulité.

— Tu as accepté cet emploi seulement pour assister à nos spectacles ? Pourtant, le genre de travail que tu fais n'est pas de tout repos.

— Je commence à m'en rendre compte. Mais vous semblez travailler très fort aussi.

Du coin de l'œil, Sandrine aperçoit Marc qui recule vers la porte. Elle se retourne vivement.

— Je crois que tout va bien ici.

Il a un petit sourire de travers.

— Je crois, oui. Je me suis trompé. Il faut que j'y aille. À bientôt.

Il se sauve rapidement, l'air aussi nerveux qu'un animal pris au piège.

— Qu'est-ce qui lui prend ? demande Julie.

— Je l'ai surpris en train d'écouter à votre porte.

Kim interroge Julie du regard.

— Pourquoi faisait-il ça ?

— Ne me regarde pas ! proteste Julie en levant les mains. Je ne le connais pas.

Sandrine hoche la tête.

— Je trouvais qu'il avait l'air gentil. Mais puisqu'on nous a demandé de surveiller les passagers à l'air louche, j'ai décidé de faire ma petite enquête.

— Tu penses que c'est le voleur ? demande Kim.

— Je ne sais pas. Mais le coupable est sûrement au courant que les officiers chargés de la sécurité sont à ses trousses. Pourquoi risquerait-il de se faire prendre ?

— Tu as raison. Ça n'a pas de sens.

Kim marche jusqu'à la commode et s'empare d'une brosse. Elle la fait glisser dans sa chevelure soyeuse qui tombe impeccablement jusqu'à la cambrure de ses reins.

— Est-ce que tu vas le dénoncer ? demande-t-elle.

— Il le faudrait, même si ça ne m'enchante pas. C'est l'un des gars qui voyageaient avec le jeune homme qui est tombé à la mer après avoir reçu un coup de poing.

Kim se retourne.

— Un coup de poing ? C'est donc vrai ? Il y a eu une bagarre ?

— Deux des amis de J.C. ont vu quelqu'un le frapper. Mais ils n'ont pas pu reconnaître le type à cause de la noirceur.

— Comme c'est terrible ! s'exclame Julie.

— Tu as raison. Ses amis ont déjà vécu des moments difficiles, approuve Kim d'un ton grave.

— Il faut quand même que la sécurité soit informée de ce que Marc faisait.

— Bonne chance, dit Kim qui raccompagne Sandrine à la porte. Pourquoi tu n'assistes pas à la répétition demain matin, à huit heures ? Ça te donnerait une bonne idée de ce que nous faisons. Et tu pourrais mémoriser quelques pas en vue des auditions pour l'an prochain.

Sandrine sourit.

— Ce serait merveilleux ! Je pourrai peut-être prendre une pause à cette heure-là.

La plupart des passagers font la grasse matinée, mais quelques-uns sont debout à six heures pour voir le lever du soleil. Elle peut d'abord faire leurs chambres, puis aller à la répétition avant de reprendre le boulot.

— On se revoit demain ! dit-elle.

* * *

Sandrine s'empresse d'aller trouver David. C'est à lui qu'elle se confiera le plus facilement.

Elle se rappelle avoir vu le numéro de la cabine de David sur le tableau de service à la cafétéria. Elle est située sur le troisième pont, un étage au-dessus de leur propre chambre. D'ailleurs, Édith et elle ont été assignées à ce pont.

Elle voudrait bien que sa copine soit là maintenant. Elle ne l'a pas revue depuis qu'elle a quitté le *Neptune*. Édith s'amusait alors follement et elle ne s'est probablement même pas aperçue de son absence. De son côté, Sandrine se sent extrêmement vulnérable, compte tenu de ce qu'elle sait à propos de Marc. Elle n'aime pas du tout marcher seule dans le couloir désert.

Frissonnante dans sa robe mouillée, elle court dans l'escalier qui mène au troisième pont et traverse l'étroit couloir jusqu'à la cabine de David. À la piscine, il ne portait pas son uniforme ; il n'est probablement pas de service ce soir. Avec un peu de chance, Sandrine le trouvera dans sa chambre, car il avait l'air fatigué.

Elle frappe à la porte. Il n'y a pas de réponse, mais la porte s'entrouvre lorsqu'elle la touche.

— David ?

Elle se souvient tout à coup qu'il lui a dit de venir chercher de la documentation sur les Bermudes. « Autant la prendre tout de suite », se dit Sandrine.

Elle traverse la pièce et promène son regard autour d'elle, étonnée. Elle n'a jamais vu une chambre de garçon aussi en ordre. Le lit est fait, les tiroirs sont fermés et aucun vêtement ne traîne dans la cabine. Une brosse à cheveux, un trousseau de clés, des boutons de manchette dorés et une cravate bleu marine sont disposés proprement sur la commode. Dans la minuscule salle de bains, Sandrine aperçoit un rasoir et des lames, de la lotion après-rasage, un savon et un peigne, tous bien alignés à côté du lavabo. Dans la cabine flotte un parfum qui lui rappelle la chambre de son père : une odeur propre, fraîche et masculine. Sandrine s'y sent tout de suite à l'aise.

Il y a une pile d'enveloppes et de paperasses sur le secrétaire placé sous un hublot. «Les brochures sont peut-être là», pense Sandrine. Elle s'avance et saisit une enveloppe.

— Mais qu'est-ce que tu fais là?

Sandrine serre très fort l'enveloppe, le cœur battant.

— David! Tu m'as fait une de ces peurs!

Elle laisse échapper un petit rire nerveux.

Le jeune homme entre dans la pièce et claque la porte, une canette de *Seven-Up* à la main. Les lèvres pincées, il regarde Sandrine d'un air accusateur.

— Donne-moi cette enveloppe.

— Quoi?

Elle baisse les yeux.

— Oh! ce ne sont pas les brochures dont tu m'as parlé? J'ai eu l'idée d'arrêter un moment et...

— Il s'agit des rapports d'entrevue qu'on a fait passer aux membres d'équipage dans le cadre de l'enquête, l'interrompt-il froidement. Qu'est-ce que tu faisais avec ça dans les mains?

— T-tiens... bafouille Sandrine. J'ignorais ce que c'était. Je suis venue pour...

— Pour savoir comment se déroule l'enquête? Pourquoi ça t'intéresse tant? C'est ton *chum* qui t'a demandé de venir fouiller dans mes affaires?

L'embarras de Sandrine fait place à la colère.

— Si tu fais allusion à Nelson, il n'est pas mon *chum*! lance-t-elle. Je suis ici pour deux raisons:

premièrement, je viens chercher la documentation que tu as offert de me prêter, et deuxièmement, j'ai quelque chose d'important à te dire.

David demeure méfiant.

— Tu es entrée dans ma chambre par effraction.

— Merde, David! gémit Sandrine, exaspérée. La porte n'était pas verrouillée et tu m'as invitée à venir chercher des brochures!

— J'avais oublié ça. Tu as raison. Excuse-moi.

Il s'éclaircit la voix et pose l'enveloppe sur son lit.

— J'étais allé acheter un *Seven-Up* au bout du couloir.

Il ouvre la canette, boit une longue gorgée et la tend à Sandrine.

— Tu en veux?

Elle secoue la tête, toujours furieuse.

David soupire.

— Les brochures sont dans le secrétaire. Tiroir du milieu. J'ai oublié de les sortir. J'ai été très occupé avec tout ce qui s'est passé depuis qu'on a quitté New York.

Mais Sandrine n'est pas du genre à rester fâchée longtemps. Édith la taquine souvent à propos de ses colères qui durent trente secondes. Quand elles se disputent, ce qui n'arrive pas souvent, la chicane est de courte durée.

— Ce n'est pas grave. Je sais que tu travailles sous pression ces temps-ci.

David hoche la tête.

— Ce n'est pas une excuse pour tirer des conclusions trop hâtives. Je suis désolé d'avoir insinué des choses à propos de Nelson. Je suppose que je suis un peu...

Il s'arrête et détourne les yeux.

— Un peu quoi? demande-t-elle doucement.

Était-il sur le point de dire « jaloux »?

— Laisse tomber. Ce n'est pas important. Qu'est-ce que tu voulais me dire?

Sandrine prend une grande inspiration. Elle hésite à dénoncer un garçon qui a l'air aussi gentil que Marc. Mais s'il est impliqué dans les vols, il faut qu'on l'arrête.

— Eh bien?

— J'allais me changer après l'incident de la piscine...

Sandrine est encore toute frissonnante. David doit l'avoir remarqué, car il sort un chandail molletonné à capuchon de sa garde-robe et le lui tend. Sandrine l'enfile sans se faire prier.

— Une fois dans le couloir, j'ai vu Marc debout devant la cabine à côté de la mienne. Il avait l'oreille appuyée contre la porte.

David a l'air songeur.

— Est-ce qu'il se contentait d'écouter, ou s'il essayait de tourner la poignée?

— Je ne sais pas. Je n'ai pas vu ses mains.

— Qu'est-ce qu'il a dit quand il t'a vue approcher?

— Il a dit qu'il cherchait un distributeur de glaçons et qu'il avait entendu un drôle de bruit dans la chambre en passant. Il s'est arrêté pour voir ce que c'était.

David hoche la tête.

— Ce n'est pas impossible.

— Je l'ai confronté avec les deux filles qui étaient dans la cabine. Je me suis dit qu'elles le connaissaient peut-être, mais ce n'était pas le cas.

— Ce n'était pas une très bonne idée.

— Pourquoi ?

— Et si ce garçon est un professionnel ? S'il se doute que tu vas le dénoncer, que crois-tu qu'il fera ?

— Je ne sais pas.

Sandrine l'observe avec inquiétude.

David pose sa canette sur le secrétaire en grognant.

— Il joue gros, Sandrine. Si on le remet entre les mains de la police, il sera emprisonné et jugé aux Bermudes. Là-bas, la justice est très sévère avec les criminels. Le pays ne veut pas compromettre l'industrie touristique, qui est sa principale source de revenus.

Sandrine avale sa salive avec difficulté. Comme elle a été naïve !

— Tu cours un réel danger en affrontant quelqu'un comme lui, fait remarquer David.

— Mais on n'est pas certains que...

— Non, mais quand il est question de liberté,

on ne peut pas prévoir ce qu'un être humain fera pour la garder.

Sandrine ferme les yeux pendant un instant et réfléchit. J.C. était cruel. Qu'aurait-il fait s'il avait su que Marc volait les autres passagers ?

— Marc et J.C. étaient amis. Tu ne penses pas que...

Elle n'a pas besoin d'achever sa phrase, car David a déjà l'œil soupçonneux.

— S'il y a un rapport entre la mort de J.C. et les vols, je le trouverai. Enfin... Mitch le trouvera, corrige-t-il. Je vais lui transmettre l'information. Il voudra sûrement interroger Marc encore une fois.

Sandrine approuve d'un signe de tête.

— Merci pour les brochures, dit-elle en reculant vers la porte. Je te rendrai ton chandail demain.

— Ce n'est pas urgent, dit David. Sois prudente. Verrouille la porte quand tu es dans ta cabine... et tiens-toi loin des bastingages.

— Compte sur moi, dit-elle en s'éloignant d'un pas vif dans le couloir, la peur au ventre.

Chapitre 9

Sandrine prend une douche rapide pour se réchauffer. Elle enfile une robe blanche moulante, mais pas trop chic, dans laquelle elle se sent sexy. Elle passe une chaîne argent autour de son cou et remplace les boucles d'oreilles qu'elle portait par de minuscules cœurs argent. Elle fait sécher ses cheveux et fixe une fleur en soie blanche au-dessus de son oreille.

En arrivant au *Neptune*, elle s'assoit juste devant la scène à la table que Nelson a réservée pour elle. Le visage épanoui, elle le regarde chanter succès après succès. Nelson est très à l'aise sur les planches. Il a un physique d'athlète et bondit d'un bout à l'autre de la scène, secouant ses longs cheveux blonds au rythme de la musique.

Après la représentation, quand il a salué les spectateurs et les a conviés au *party* qui aura lieu le lendemain au bord de la piscine à l'heure où le bateau entrera dans le port, il s'amène à la table de Sandrine.

Celle-ci lui sourit.

— Tu as été fantastique !

Nelson l'enlace et l'embrasse.

— Merci, ma belle.

La sueur ruisselle sur son visage et dans son cou. Il s'empare d'une serviette sur la scène et s'éponge.

— Allons-nous-en.

Il se tourne vers les musiciens.

— Vous pouvez vous occuper des instruments, les gars ?

Le batteur le fixe avec un froncement de sourcils désapprobateur.

— Ça ira. Hé ! Nelson, pourquoi tu ne nous attends pas ? On pourrait aller manger un bouchée tous ensemble.

Nelson sourit à Sandrine.

— Non. J'ai mieux à faire que de passer le temps avec une bande de musiciens comateux, plaisante-t-il.

Il leur fait un clin d'œil et entoure Sandrine de son bras.

— On se revoit demain matin, les gars.

— N'oublie pas qu'on répète à dix heures, lui crie le batteur.

Nelson lui fait un signe de la main, entraînant déjà Sandrine à l'extérieur.

Il l'emmène vers le bastingage à bâbord. Tandis qu'ils s'approchent, Sandrine entend l'eau qui rugit en donnant contre la proue.

Elle se raidit, refusant d'avancer davantage.

— Qu'est-ce qu'il y a?

— Rien.

— Allez! On est seuls tous les deux sous un magnifique clair de lune. Ne me dis pas que ça ne te donne pas des idées.

— J... je n'aime pas être près de l'eau. J'ai peur. Je sais que c'est ridicule, mais je me sens v... vraiment mal...

— Mon Dieu! grogne Nelson. Et moi qui t'ai jetée à l'eau!

Il se tape le front.

— Je suis un vrai salaud.

Sandrine lui sourit avec indulgence.

— Tu ne pouvais pas savoir. Et ça s'est passé si vite que je n'ai pas eu le temps d'avoir peur avant de tomber dans la piscine.

— Je suis navré, dit Nelson avec sérieux.

Il recule et lui prend la main.

— Viens. Je t'emmène loin d'ici.

Ils empruntent l'escalier qui mène au troisième pont. Le cœur de Sandrine bat très fort. La main de Nelson est chaude et rassurante autour de la sienne. Elle le suivrait n'importe où, mais la curiosité finit par l'emporter.

— Où est-ce qu'on va? demande-t-elle lorsqu'ils passent devant la cabine de David.

— À ma chambre, dit Nelson en lui faisant un clin d'œil.

Il n'en faut pas plus pour déclencher la sonnette d'alarme dans sa tête. Cependant, l'affolement de

Sandrine n'a rien à voir avec la mise en garde de David. Il est plutôt attribuable aux avertissements que servent les mères à leurs filles à propos des garçons qui veulent les emmener dans leur chambre... En sixième année, elle trouvait un peu dépassées les recommandations de sa mère. Mais depuis ce temps, elle a entendu plusieurs histoires de filles qui ont regretté amèrement de s'être aventurées en terrain dangereux.

Sandrine s'arrête brusquement.

— Je ne suis pas certaine que ce soit une bonne idée.

— Qu'est-ce qu'il y a encore? Je ne vis pas dans un aquarium!

Elle rit, mal à l'aise.

— Écoute, Nelson. Tu me plais bien, mais...

— Mais quoi? dit-il en se plantant devant elle.

Son souffle est chaud contre ses joues. Sa bouche est trop près de la sienne... Sandrine se sent fondre dans l'air tropical qui l'entoure, et Nelson ne l'a même pas encore touchée.

Doucement, il pose ses lèvres sur les siennes. Lorsqu'il l'attire contre lui, Sandrine plonge dans un océan de chaleur et d'émoi. Elle n'a que vaguement conscience de ce qui se passe ensuite. Nelson la guide jusqu'à sa cabine, insère sa carte dans la serrure et l'entraîne à l'intérieur.

Le bruit de la porte qui se referme ramène Sandrine à la réalité. Elle ouvre les yeux et regarde autour d'elle.

— Je t'ai dit que je ne voulais pas venir ici, dit-elle en se libérant de l'étreinte de Nelson.

Elle se tient devant lui d'un air de défi, les bras croisés sur sa poitrine.

Nelson hausse les épaules.

— Les filles disent parfois le contraire de ce qu'elles pensent.

Il prend un air séducteur et glisse la main dans l'encolure de sa robe.

— Non ! dit-elle sèchement en reculant d'un pas.

Il se renfrogne.

— Qu'est-ce que tu as ?

— J'ai dit non. Je ne veux pas coucher avec toi, Nelson.

— Qui a parlé de se coucher ? plaisante-t-il en avançant vers elle. Allez, Sandrine. Je vois bien que je te fais de l'effet. Et moi, j'ai vraiment envie de toi.

Sandrine le repousse et recule hors de sa portée.

— Je suis sérieuse, Nelson. Tu me plais beaucoup et peut-être que je resterai un jour. Mais pas maintenant. Je ne te connais même pas.

En prononçant ces mots, Sandrine se rend compte à quel point elle dit vrai. Nelson Morrow est un chanteur rock qui parcourt le pays et dont elle ne sait pas grand-chose.

Il a l'habitude d'avoir toutes les filles à ses pieds. Après chaque spectacle, il n'a que l'embarras du choix. Puis Sandrine se souvient de l'expression contrariée du batteur quand Nelson lui a annoncé qu'il partait avec elle.

Sandrine se raidit. Pas question de laisser Nelson l'ajouter à la liste de ses conquêtes d'un soir !

— Excuse-moi, Nelson. Il faut que je parte.

Sans même oser lui donner un petit baiser sur la joue, elle recule promptement vers la porte.

Nelson serre les poings.

— Ah ! voyons Sandrine ! Reste !

— Bonne nuit, murmure-t-elle avant de sortir.

En retournant à sa cabine, Sandrine se retient pour ne pas jeter un regard derrière elle. Elle ne veut pas savoir si Nelson est là.

* * *

Le calme est revenu sur le bateau. Il est deux heures passées et tous les clubs ont fermé leurs portes.

Une silhouette se penche sur une pile de papiers, relisant les mots une dernière fois :

Annjeelo,

C'est le cœur lourd que je t'écris ces quelques lignes. Plusieurs personnes nous font obstacle, plus que je ne l'avais d'abord imaginé. Ce garçon prénommé Jean-Charles n'était que le premier.

L'ennui, c'est que je dois redoubler de prudence. Je dois trouver un moyen d'éviter que la police ne remonte la filière jusqu'à moi quand les autres mourront. Si je me fais prendre, tous nos plans seront gâchés.

Je te promets de ne pas te décevoir.

Des mains tremblantes roulent la feuille de façon à pouvoir l'insérer dans une bouteille de *Coke* vide et vissent le bouchon. Il ne reste plus qu'à envoyer ce message de la même façon que les autres, c'est-à-dire en le faisant voguer sur les flots.

Pendant un instant, la personne craint que les messages ne se rendent pas. Mais au fond, ces notes ne sont pas absolument nécessaires. Son amour comprendrait même sans explications, comme toujours.

La bouteille disparaît à l'intérieur d'une serviette pliée. À cette heure tardive, ce sera facile de marcher le long du pont désert et de jeter tranquillement la bouteille à la mer.

Mais au bout de quelques secondes, un bruit de pas se fait entendre dans le couloir vide. Indécise, la silhouette vacille. Si elle ne connaît pas la personne qui vient, tout ira bien. Elles n'échangeront qu'un simple «bonsoir» avant de continuer leur chemin. Mais s'il s'agit d'une connaissance, des explications s'imposeront. «Qu'est-ce qu'il y a dans cette serviette? Où vas-tu à une heure pareille?» Plus tard, durant l'enquête, ça pourrait lui jouer des tours.

La silhouette rebrousse chemin et retourne dans sa chambre. La porte se referme sans bruit. «Il vaut mieux attendre.»

* * *

Édith ne dort pas encore. Lorsque Sandrine entre dans la cabine, sa compagne est en train de lire au lit.

— Je ne m'attendais pas à te trouver éveillée, dit Sandrine. Je t'ai vue partir pendant la deuxième partie du spectacle.

Édith bâille et lui sourit.

— Je n'arrivais pas à dormir. Je crois que les gars de *Réflexe* ont monté le volume lors des deux dernières chansons. On les entendait d'ici.

Sandrine rit.

— Je croyais que tu allais quelque part avec Nelson après la représentation, dit Édith.

— Je le croyais aussi, mais il avait d'autres projets.

Édith hausse les sourcils d'un air suggestif.

— Ah bon?

— Il était déjà prêt à passer au lit.

— Et tu as refusé?

Sandrine lui lance un oreiller.

— Bien sûr que j'ai refusé! Tu me prends pour qui? Une groupie qui n'attend que ça?

— Non, mais pour une fille sans *chum* qui a la veine d'être tombée dans l'œil d'un séduisant chanteur rock! Moi, j'aurais sauté sur l'occasion.

— C'est ce que tu dis.

Sandrine entre dans la salle de bains, se brosse les dents et se démaquille. Elle enfile une chemise de nuit en coton et revient dans la chambre où Édith la dévisage, incrédule.

— Qu'est-ce qu'il y a ? demande Sandrine.

— Je ne peux pas croire que tu as laissé passer une chance comme ça. Nelson est beau comme un dieu et ça t'aurait fait du bien de connaître un autre gars avant d'aller retrouver Martin.

— Je n'irai pas retrouver Martin. Je te le dis pour la centième fois, il ne veut plus de moi. Et puisqu'il refuse de respecter mes rêves, je ne suis pas certaine de vouloir de lui non plus.

— C'est ce que tu dis, lance Édith à son tour.

Sandrine soupire.

— Écoute, je suis fatiguée. Nelson est gentil et je suis dans tous mes états rien qu'à l'idée de faire l'amour avec lui. Mais je ne veux rien précipiter.

— L'été ne fait que commencer, chuchote Édith qui roule sur le côté, tournant le dos à son amie. Tu n'arrêtes pas de dire que tu ne veux pas t'embarquer dans une histoire sérieuse avec un garçon. Alors si tu refuses de t'amuser un peu avec un gars comme Nelson, c'est que tu vivras en ermite au cours des deux prochains mois !

— Je ne sais pas.

D'une certaine façon, Édith a raison. Nelson est le candidat rêvé pour une amourette de vacances. Il est la coqueluche de toutes les filles et elle l'a repoussé.

Sandrine ferme les yeux en se rappelant la chaleur de ses bras. Pourtant, elle est incapable de se débarrasser de cette vague sensation de peur qui ne la quitte pas quand elle est à ses côtés. Quelque chose l'inquiète chez Nelson et l'incite à garder ses distances. Le bleu grisant de ses yeux cache un mystère, et peut-être même un danger.

Chapitre 10

— Es-tu certain de pouvoir arrêter Marc sur le seul témoignage de Sandrine ? demande David.

Il a dû attendre jusqu'à ce matin pour mettre Mitch au courant des agissements suspects du jeune homme. Hier soir, ça ne lui a pas semblé nécessaire de réveiller le lieutenant. Après tout, Marc ne pouvait pas aller bien loin.

Mitch secoue la tête.

— Quelques passagers ont rapporté la présence d'un jeune homme qui rôdait dans leur couloir hier soir. La description qu'ils en ont donnée correspond à celle de Marc. Mais je ne peux pas l'arrêter. Je n'en ai pas le pouvoir. Je peux quand même le remettre à la police une fois aux Bermudes et lui donner tous les renseignements qu'on a sur lui. En attendant, j'ai quelques questions à poser à ce garçon.

Les deux officiers croisent Christelle et François sur le pont.

— Bonjour ! dit la jeune fille gaiement. Avez-vous vu Marie-France ?

— Non, répond David.

Il se tourne vers François.

— Est-ce que Marc est dans votre cabine ?

— Marc ? Je... euh... Je ne sais pas, balbutie François.

Christelle regarde son petit ami d'un air perplexe.

— Bien sûr que Marc est là ! On parlait avec lui il y a deux minutes à peine...

Elle regarde derrière David et semble remarquer la présence de Mitch pour la première fois. Soudain, elle paraît moins sûre d'elle.

— Mais il est peut-être déjà parti.

— Nous voulons simplement lui parler, dit David.

Lorsque Mitch et lui s'éloignent, le couple reste planté sur le pont à les regarder. Une fois devant la cabine de François et de Marc, le lieutenant désigne la porte.

David frappe trois coups.

Personne ne vient ouvrir, mais David a le sentiment que quelqu'un se trouve à l'intérieur. Il imagine Marc en train de les observer par le judas.

— Marc ? C'est David Alexandre.

Il essaie d'adopter un ton désinvolte pour ne pas alarmer le jeune homme.

— On a fait connaissance hier quand je t'ai interrogé.

Toujours pas de réponse.

— Marc ?

David s'approche de la porte. Un bruit étouffé lui parvient de la cabine.

— Ouvre la porte, Marc. Je veux te parler.

Mitch écarte David d'un geste du bras. Pendant un instant, le jeune officier se dit que le lieutenant va enfoncer la porte d'un coup d'épaule. Mais Mitch sort sa carte passe-partout de sa poche et l'insère dans la serrure.

Lorsque la porte s'ouvre, une bouffée d'air marin les surprend.

— La fenêtre ! crie Mitch. Il est sorti par la fenêtre !

Il s'élance dans la pièce, grimpe sur le lit et passe la tête par la fenêtre ouverte pour regarder sur le pont.

— Au moins, il ne peut pas aller bien loin ! dit David. On est au milieu de l'Atlantique.

Mitch a l'air furieux lorsqu'il se retourne. D'un geste vif, il s'empare de l'émetteur-récepteur accroché à sa ceinture.

— Va voir si tu l'aperçois sur le pont ! dit-il à David avant d'appuyer sur un bouton et de crier des ordres à ses subalternes.

David s'élance dans le couloir et franchit les portes battantes s'ouvrant sur le pont. Les mains sur les hanches et le souffle court, il regarde de chaque côté du pont. Le bateau est immense. Quelqu'un peut réussir à s'y cacher jusqu'à ce qu'ils atteignent le port, et même en descendre sans être vu.

David commence à croire que Marc l'a semé

lorsqu'il repère un t-shirt rouge et noir dans la foule. C'est un t-shirt identique à celui que portaient les amis de Marc le jour où le bateau a levé l'ancre. Ce sont probablement les couleurs de leur école. « Je t'ai eu ! » pense David, triomphant.

Avec un regain d'énergie, il court sur le pont en se frayant un chemin entre les passagers stupéfaits.

— Excusez-moi... Pardon... Laissez-moi passer, je vous prie, dit-il en poursuivant sa course.

Il atteint finalement la poupe, où deux officiers assurent la surveillance durant une séance de tir au pigeon d'argile. Les cibles fendent l'air au-dessus des vagues tandis que deux hommes visent et tirent. Pourtant, c'est David et Marc que tout le monde regarde.

Et maintenant, ils n'ont plus nulle part où aller.

Marc comprend qu'il est pris au piège. Haletant, il tente de reprendre son souffle. Son visage est cramoisi. Comme s'il espérait toujours pouvoir s'enfuir, il lève les yeux vers les ponts supérieurs.

— Marc ! crie David en toussant. Tout va bien. On veut seulement te parler.

Le garçon secoue la tête.

— Je ne voulais pas le faire. C'est la vérité. Il m'a forcé.

David aperçoit Mitch qui s'arrête net de l'autre côté de la poupe. Il est accompagné de deux de ses hommes.

— Quelqu'un t'a forcé à voler l'argent ? demande David sans comprendre.

Marc fait signe que non et s'humecte les lèvres, guettant Mitch et ses hommes du coin de l'œil.

— Non... Je parle de J.C. Je ne voulais pas le tuer. C'était un accident. Vous devez me croire !

Mitch avance d'un pas.

— Une bagarre entre amis qui tourne mal, ça arrive. Mais il semble maintenant que tu avais un motif pour tuer Jean-Charles. Il était au courant que tu volais, n'est-ce pas ?

Marc regarde les gens autour de lui.

— Il faut que quelqu'un me croie. Je n'ai jamais voulu qu'il bascule dans le vide !

Le lieutenant n'a pas l'air convaincu. Il fait signe à Marc de le suivre.

— Viens avec moi. Tu expliqueras tout ça à la police une fois aux Bermudes.

L'expression terrifiée de Marc devient désespérée. Il balaie le pont du regard et aperçoit les deux tireurs.

Dès cet instant, David devine l'intention de Marc. Mais avant qu'il ne puisse l'arrêter, Marc se rue sur l'une des armes. Il se retourne, fusil à la main.

Mitch blêmit et recule d'un pas.

— Calme-toi, mon gars, dit-il en levant les mains dans un geste d'abandon. Ne fais rien que tu pourrais regretter. Il y a beaucoup de passagers sur le pont, dont de jeunes enfants. Tu ne veux blesser personne, n'est-ce pas ?

— Non, répond Marc d'une voix crispée. Je veux seulement que vous me laissiez partir.

— Pour aller où ? demande David. On est au beau milieu de l'océan et on se dirige vers une île ! Tu n'as nulle part où aller, mon vieux !

Marc pointe le canon de la carabine vers la poitrine de David. Le sang du jeune officier ne fait qu'un tour. Il connaît bien les carabines de tir utilisées sur la plupart des bateaux de croisière. Ce sont en fait des fusils de chasse modifiés chargés de cartouches à plomb. C'est parfait pour tirer sur des cibles d'argile ou sur des canards, mais ce ne sont pas des jouets. À bout portant, cette arme peut faire un trou de la grandeur d'une assiette dans le corps d'un homme.

— Écoute, dit David, tu avais sûrement une raison d'en vouloir à J.C. Nous savons tous comment il était.

— Mais je ne voulais pas le tuer ! proteste Marc. Il m'a surpris en train de voler. Il a menacé de me dénoncer si je ne lui donnais pas d'argent. Je voulais seulement qu'il la ferme !

— Vous vous êtes bagarrés ? demande Mitch doucement.

David remarque que les autres officiers ont commencé à évacuer les passagers. « Mitch veut limiter les dégâts », pense-t-il. Il y a au plus deux cartouches dans la chambre de la carabine, mais c'est suffisant pour causer beaucoup de dommages.

Marc acquiesce tristement, mais ne baisse pas son arme.

— Oui. Je me suis emporté et j'ai donné un

coup de poing à J.C. Mais on aurait dit qu'il voulait que je le frappe. Il me narguait en disant que si je ne le payais pas, il irait raconter à tout le monde, incluant la police, que j'étais un voleur. Je savais que je n'avais aucune chance de convaincre les gens que je n'avais rien volé. Car j'étais coupable !

— Alors tu as refusé de le payer ? demande Mitch.

— Je savais qu'il ne m'aurait jamais laissé tranquille. Il aurait exigé toujours plus d'argent et aurait menacé de tout dire à Pat. J.C. était comme ça. Il trouvait ça excitant de jouer des tours cruels aux autres. C'était sa façon de s'amuser.

— Tu aurais pu rendre tout ce que tu avais pris et le battre à son propre jeu, dit David.

Il ne quitte pas des yeux la bouche de la carabine au long canon. Il n'ose pas imaginer ce que ce serait de sentir une centaine de grains de plomb le transpercer.

Marc le regarde d'un air étrange.

— C'est ce que j'essayais de faire quand cette fille, Sandrine, m'a surpris devant une cabine. J'aurais dû le faire plus tôt.

— Qu'est-ce que tu veux dire ? demande Mitch en avançant prudemment d'un pas.

— J'avais pris un billet de dix dollars dans la cabine de deux filles qui travaillent comme danseuses sur le bateau. Croyant qu'elles seraient en spectacle à cette heure-là, j'avais décidé de remettre l'argent à sa place.

— Tu essayais d'arrêter de voler.

— J'avais déjà arrêté ! Tout ce que je voulais, c'était remettre l'argent avant de me faire prendre, gémit Marc en clignant des yeux pour chasser les larmes qui lui brouillent la vue. Vous ne pouvez pas savoir à quel point c'était horrible quand J.C. a passé par-dessus bord. Je suis resté là à écouter son cri, sachant très bien que je ne pouvais rien faire pour lui. Je devais être en état de choc, car il a paru s'écouler une éternité avant qu'il ne touche l'eau et...

Il secoue la tête comme s'il n'était pas satisfait de son explication.

— Non. Ce n'est pas de cette façon que ça s'est passé. C'est comme si le cri de J.C. avait cessé, puis repris encore plus fort quelques secondes plus tard. Puis, il n'y a eu que le silence. J'ai compris alors qu'il ne reviendrait pas.

David perçoit soudain un mouvement dans la foule. Il tourne la tête juste assez pour voir Patricia qui essaie de s'approcher, retenue par deux des hommes de Mitch.

David penche la tête dans sa direction.

— Je comprends pourquoi tu ne voulais pas que ta petite amie apprenne que tu volais.

En apercevant Patricia, Marc semble abandonner toute résistance. Cependant, il ne lâche pas son arme qui est toujours braquée sur la poitrine de David.

Ce dernier échange un regard avec Mitch.

— Laissez-la passer, dit le lieutenant.

Patricia s'élance vers Marc, mais Mitch l'arrête avant qu'elle ne l'ait rejoint.

— Je ne veux pas que tu sois blessée. Reste ici et parle-lui, dit-il.

— Qu'est-ce qu'il y a, Marc? crie-t-elle.

— Rien... C'est juste que... Ils veulent que...

Honteux, il baisse la tête pendant une seconde.

C'est tout le temps dont David a besoin pour se pencher subitement sous le canon de la carabine et saisir Marc à bras-le-corps.

Les deux garçons s'effondrent sur le pont, mais Marc ne se débat pas. Il reste couché sous David, le corps secoué de violents sanglots.

Un instant plus tard, Patricia s'approche, le visage mouillé de larmes, tandis que Mitch passe les menottes à Marc et le remet brutalement sur ses pieds.

— Viens. On va avoir une longue conversation.

* * *

Sandrine ne se donne pas la peine d'aller se changer avant d'assister à la répétition, car elle doit reprendre le travail dans trente minutes. Elle est un peu mal à l'aise dans la salle obscure. Elle a l'impression d'espionner quelqu'un. Mais après tout, c'est Kim qui l'a invitée, se dit-elle.

Elle regarde vers la scène avec attention tandis que les six jeunes danseurs répètent un passage particulièrement difficile. Kim semble être à la tête du groupe.

— On reprend ! crie-t-elle toutes les cinq minutes en courant vers le magnétophone.

Elle rembobine la cassette jusqu'au passage qu'ils doivent répéter.

Au bout de quelques fois, Sandrine se lève et descend l'allée vers la scène.

— Tu veux que je m'en occupe ? demande-t-elle.

Les danseurs se tournent tous vers elle. Kim sourit.

— Salut ! dit-elle.

Elle la présente à ses partenaires.

— Voici Sandrine. Elle occupe la cabine voisine de la mienne.

— Salut ! s'écrient les danseurs en chœur.

Sandrine rayonne, contente de se sentir bien acceptée.

— Ce serait super si tu pouvais t'occuper de la musique. Il faut qu'on reprenne cet enchaînement plusieurs fois.

Kim lui montre où la musique doit commencer. Sandrine s'installe sur le bord de la scène et appuie sur le bouton de lecture.

La quatrième fois, Kim ne lui fait pas signe d'arrêter la musique. Tandis que la troupe exécute le numéro jusqu'à la fin, Sandrine s'empare d'un calepin et d'un crayon dans sa poche. Elle prend note de quelques nouveaux pas qu'elle aimerait bien essayer en utilisant des signes spécialement conçus pour la danse.

Le numéro présenté par les danseurs est formidable et Sandrine les applaudit chaudement lorsqu'ils ont terminé.

— Il faut absolument que tu viennes ce soir! crie l'un des garçons. On a besoin de toi!

Il dit ça pour rire, bien sûr, comme s'ils avaient besoin d'une admiratrice gagnée d'avance. Mais Sandrine aime bien penser qu'il y a un peu plus que ça. Si seulement les danseurs l'avaient invitée à danser avec eux! «Un jour, se dit-elle, un jour.»

— Reviens quand ça te plaira, dit Kim lorsque Sandrine s'apprête à partir. J'ai vu que tu prenais des notes. Je t'aiderai à apprendre les pas si tu veux.

— Merci. À la prochaine!

Sandrine remonte l'allée faiblement éclairée lorsqu'elle distingue une silhouette immobile assise au dernier rang. Elle ralentit et laisse ses yeux s'habituer à la pénombre de la salle.

— Marie-France! Qu'est-ce que tu fais ici?

La petite amie de J.C. la rend mal à l'aise depuis leur première rencontre. Mais aujourd'hui, Marie-France la fixe avec une telle intensité que Sandrine en a la chair de poule.

— Je cherchais un endroit sombre où me reposer, répond la jeune fille. Et réfléchir.

— Je me demande comment tu as pu réfléchir avec la musique aussi forte.

Marie-France désigne le jeu de tarots sur ses genoux.

— Le bruit ne me déconcentre pas. En fait, rien ne me déconcentre. Il n'y a que la vérité qui s'impose.

En entendant un bruit de pas qui courent, Sandrine se retourne. Patricia et Christelle entrent en coup de vent dans la salle.

— Dieu merci, tu es là ! gémit Pat dont le visage est ruisselant de larmes.

Marie-France hausse un sourcil d'un air interrogateur.

— Marie, c'est épouvantable ! s'écrie Christelle. Marc a été arrêté pour vol... et pour meurtre ! Celui de J.C. !

Sandrine dévisage Patricia.

— Est-ce qu'elle est sérieuse ?

Pat cligne des yeux pour tenter de refouler ses larmes.

— Oui. C'était atroce. Des officiers l'ont encerclé sur le pont. Je ne sais plus quoi penser. Marc et moi, on est très près l'un de l'autre. On parle de tout ! Vous ne pensez pas que je le saurais si je sortais avec un voleur et un assassin ?

Elle éclate en sanglots.

— Ça ira, dit Sandrine en l'entourant de son bras. C'est mieux pour toi de l'apprendre maintenant, avant qu'il ne soit trop tard.

Patricia la repousse avec brusquerie.

— Tu ne comprends pas ! hurle-t-elle, les yeux hagards. Marc a peut-être volé un peu d'argent, mais il n'est pas vraiment un voleur. Et certainement pas un tueur ! Il ne ferait jamais de mal à personne.

— Mais les autorités ont sûrement des preuves, fait remarquer Sandrine. Il essayait d'entrer dans une cabine hier soir. Je l'ai vu.

Patricia secoue la tête avec obstination.

— S'il volait, c'est ma faute. Il se disait probablement qu'il lui fallait de l'argent pour m'acheter des choses et m'impressionner.

Elle implore Sandrine du regard.

— Mais il n'a pas pu tuer J.C. C'est impossible !

— Il a pointé une arme sur David, le jeune officier, observe Christelle.

Sandrine a le souffle coupé.

— Une arme ? Sur David ? Est-ce qu'il va bien ?

— Il n'a rien, la rassure Christelle.

— Je le savais, dit Marie-France. Je l'ai vu dans mes cartes...

— Qu'est-ce que tu as vu ? lâche Sandrine d'un ton rude. Que l'un de tes amis se mettrait à voler et irait jusqu'à tuer ?

Elle en a assez du petit numéro ridicule de Marie-France.

Celle-ci la considère froidement.

— Les cartes savent tout. Elles disent la vérité.

Christelle pose la main sur le bras de Sandrine, les yeux écarquillés d'horreur.

— Je viens de me rappeler quelque chose. La

veille de notre départ pour la croisière, nous nous sommes tous fait tirer les cartes par Marie-France. Quand ç'a été le tour de J.C., elle a retourné la carte de la mort en dixième position. La carte qui est tirée la dixième est celle qui régit le destin de la personne.

Sandrine frémit, puis elle se dit que la cartomancie n'est qu'une absurdité.

— Qu'est-ce qui s'est passé sur le pont? Est-ce que quelqu'un a été blessé? demande-t-elle.

— Non, répond Patricia en reniflant. Mais Marc est enfermé quelque part. On ne me permet pas de le voir. L'un des officiers a dit qu'il nous convoquerait tous pour une déposition. Il croit peut-être qu'on lui cache quelque chose.

La figure de Christelle s'assombrit.

— François est avec lui présentement. J'ai l'impression qu'il savait que Marc volait et qu'il n'a rien dit parce qu'ils sont amis. Nous savions aussi que c'était Marc qui s'était bagarré avec J.C.

Elle fixe ses mains.

— On a convenu de ne rien dire. C'est arrivé si vite que ça ne pouvait être qu'un accident. Pauvre Marc !

Encore une fois, Patricia fond en larmes.

— Ça ira, dit Christelle.

Mais Sandrine a du mal à croire que tout rentrera dans l'ordre. Après tout ce qui s'est passé...

Chapitre 11

David se tient sur la passerelle de navigation du *Mystique*. Située à l'avant du pont le plus élevé, la pièce est complètement entourée de fenêtres à verre très épais résistant aux ouragans. D'ici, le capitaine et l'équipage dominent l'océan. Ils peuvent manœuvrer l'immense bateau dans des ports aux eaux calmes ou sur des mers démontées.

Il est presque midi. Normalement, ils devraient déjà être à quai à Hamilton. Mais les retards imputables à un meurtre ne figurent pas à l'horaire habituel d'un bateau de croisière.

Parce que le *Mystique* a dû céder son espace d'amarrage à un autre navire, les autorités portuaires ont avisé le capitaine qu'il devrait se diriger vers le port de Saint-George, situé à l'autre extrémité de l'île, plutôt qu'à Hamilton.

David a calculé qu'ils y seraient vers quinze heures, si le temps reste au beau fixe, et dans la mesure où il ne survient pas d'autre incident. Dans moins d'une heure, ils passeront près des récifs de corail au large des Bermudes. David se sent fébrile.

Il y a deux mois, il a vécu l'expérience à la fois la plus excitante et la plus terrifiante de sa vie en entrant dans le port de Saint-George. Il a vu un autre capitaine manœuvrer le *Mystique* dans un étroit passage entre deux falaises où deux mètres seulement séparent les parois de corail de la coque. Avec un vent soufflant au-delà de dix-huit nœuds, un navigateur sensé ne s'aventurerait jamais dans ce passage aux commandes d'un paquebot de la grosseur du *Mystique*, et ce, même si le bateau était équipé d'un système de navigation informatisé ultra-sophistiqué. Ce serait beaucoup trop risqué.

Mais aujourd'hui, le temps est clair et la mer, calme. Il ne devrait y avoir aucun problème avec un marin aussi expérimenté que le capitaine Aragonis à la barre.

— Est-ce que les calibrages sont prêts ? demande celui-ci.

David pivote.

— Oui, monsieur. Les voici.

Le capitaine pose son regard d'acier sur la feuille que lui a remise David.

— Bien, dit-il enfin. C'est très bien.

David sourit.

— Merci, monsieur.

— Je crois que vous êtes prêt.

— Prêt à quoi, monsieur ?

— À prendre les commandes pour entrer dans le port.

La gorge de David se serre. Il a sûrement mal entendu.

— Pardon, monsieur?

— J'avais l'intention de vous confier la barre si votre travail était satisfaisant. Vous sentez-vous capable de le faire?

— J... je ne sais pas, monsieur.

— Ça fait déjà un an que vous naviguez, n'est-ce pas? Et vous connaissez bien *Artémis*.

— Oui, monsieur. Nous avons utilisé ce système de navigation informatisé récemment.

Mais David était alors aux commandes d'un vieux cargo-école. Le *Mystique* est au moins quatre fois plus gros et il compte près de 2 400 personnes à son bord. Celles-ci ne manqueront pas de sentir la secousse même si la coque ne fait qu'ébrécher une branche de corail.

— Alors? demande Aragonis. Je serai à vos côtés et vous serez guidé par l'ordinateur pendant tout le temps que dureront les manœuvres.

Cela ne fait qu'augmenter l'anxiété de David. Et s'il rate son coup? Non seulement sera-t-il humilié, mais ça lui vaudra en plus une mauvaise note sur son rapport de stage. Mais comment peut-on refuser d'obéir à un ordre de son capitaine?

David fait un signe affirmatif et regarde le capitaine Aragonis droit dans les yeux.

— Très bien, monsieur, s'oblige-t-il à prononcer. Merci de la confiance que vous me témoignez.

L'homme étudie l'expression du jeune officier

pendant une minute encore. Il paraît sur le point de dire quelque chose lorsqu'un officier s'amène sur la passerelle.

Il salue le capitaine et lui remet une feuille de papier pliée.

— Ça vient de la garde côtière, monsieur. C'est un message urgent. Le lieutenant Mitchell aimerait que vous en preniez connaissance immédiatement.

David fixe le visage du capitaine qui demeure imperturbable en lisant le message.

— Merci, lieutenant, dit-il enfin en repliant la feuille.

Il se tourne et regarde vers le large.

Le jeune officier salue encore une fois et tourne les talons.

David ignore à quoi pense le capitaine, mais il sent l'homme se contracter dans son uniforme blanc immaculé. Il meurt d'envie de lui demander ce qui ne va pas, mais il sait que ce ne serait pas convenable.

— Monsieur Alexandre, commence lentement le capitaine, vous vous rapporterez au lieutenant Mitchell dès que nous serons à quai. Vous êtes déjà au courant de l'enquête qu'il mène et il aura besoin de vous.

— Oui, monsieur.

— Autant vous l'annoncer tout de suite.

Il hésite avant de continuer.

— Un garde-côte a repêché le corps de Jean-Charles Ostiguy.

153

— Déjà! fait David.

Puis il se reprend.

— Je veux dire... c'est tant mieux, monsieur... pour l'enquête.

— Je ne peux pas être d'accord avec vous sur ce point, dit le capitaine Aragonis d'un air sombre. Le jeune homme a une plaie profonde à la poitrine. Il a été poignardé avant de tomber à la mer.

David secoue lentement la tête.

— Mais c'est impossible... Des témoins ont vu Marc donner un coup de poing à J.C. Il n'a jamais été question d'arme.

Le capitaine l'observe froidement.

— Ou bien ces personnes ont menti, ou bien le suspect a poignardé le garçon au même moment où il l'a envoyé par-dessus bord. Il faisait alors trop noir pour que les témoins voient bien l'agression.

— La mort de J.C. n'est peut-être pas accidentelle, murmure David.

Il regarde le capitaine.

— Est-ce que j'ai le temps d'aller parler au lieutenant Mitchell avant les manœuvres, monsieur?

— Faites vite, répond Aragonis.

* * *

Sandrine a fini de nettoyer une autre section. Elle est fatiguée, mais un peu excitée aussi. Elle est impatiente d'aller trouver David et d'entendre sa version des faits à propos de ce qui s'est passé sur le pont avec Marc ce matin.

Alors qu'elle ne s'y attend pas, elle le croise sur le pont inondé de soleil.

— Hé ! fait-elle. Est-ce que ça va ? On m'a raconté ta mésaventure avec Marc ce matin.

— Ça va, répond David en poursuivant son chemin.

Sandrine le saisit par le bras.

— Attends ! Il paraît que le lieutenant Mitchell a arrêté Marc.

— Je ne peux pas en parler maintenant, dit-il sèchement. Je dois me dépêcher.

Sandrine recule d'un pas, blessée.

— Excuse-moi. Je voulais seulement savoir.

Elle hausse les épaules.

— Je suppose que ça ne me regarde pas.

Elle se retourne et s'éloigne.

David la rattrape au bout de quelques secondes.

— Écoute, je suis désolé. Je ne voulais pas te parler sur ce ton. Mais il faut que je voie Mitch tout de suite avant qu'on soit trop près de l'île.

Il se passe la main dans les cheveux et grogne.

— Bon sang ! Quelle histoire ! Je ne devrais pas te parler de ça, mais il faut dire que tu as collaboré à l'enquête. La garde côtière a retrouvé le corps de J.C., déclare David à voix basse.

— C'est vrai ?

— Il a été poignardé.

Sandrine secoue la tête, incrédule.

— Mais ce n'est pas...

David s'arrête et lève les bras au ciel en signe de frustration.

— Je sais que ce n'est pas possible ! À moins que Marc Michaud mente. Ou bien c'est lui qui a poignardé J.C., ou bien il a vu ce qui s'est passé. Il n'aurait pas pu ne pas s'apercevoir que J.C. était blessé. Pourtant, j'étais là quand Mitch l'a interrogé ; il a dit que J.C. allait très bien jusqu'au moment où il a basculé dans le vide.

— Je ne comprends pas, dit Sandrine. Marc a l'air si aimable.

— Ce sera maintenant à la police des Bermudes de tenter de résoudre l'affaire.

Sandrine contemple l'océan et sourit faiblement.

— Regarde ! Les Bermudes, enfin !

« Peut-être que le cauchemar va prendre fin maintenant », pense-t-elle.

— Il faut que j'y aille, dit David.

Il hésite avant de s'éloigner.

— Sois prudente, d'accord ?

— Pourquoi ? Vous avez pincé Marc.

— Je ne sais pas trop. Avant, j'avais peur que Marc cherche à se venger de toi parce que tu l'as dénoncé. Maintenant, je ne sais plus quoi penser. J'ai l'impression qu'il se passe sur ce bateau des choses qu'on ne comprend pas encore.

Sandrine le dévisage.

— Tu crois ?

— Je ne peux pas t'expliquer maintenant. Il

faut que je retourne au travail. Fais attention, O.K.? Ta copine et toi, restez ensemble. Sinon, assurez-vous d'être avec d'autres gens.

— D'accord.

Le sang de Sandrine se glace dans ses veines tandis qu'elle regarde David s'éloigner en courant. Elle a l'impression qu'un mauvais présage émane du plus profond d'elle-même, comme si quelque chose de terrible allait se produire sans qu'elle puisse faire quoi que ce soit pour l'éviter.

— Si ça continue, je vais devenir comme Marie-France, marmonne-t-elle, dégoûtée.

* * *

Sandrine tombe sur Édith en se rendant à leur cabine. Elle lui raconte ce que David vient de lui apprendre à propos de la garde côtière et du corps de J.C.

— Tu imagines comment Patricia doit se sentir? demande Édith. C'est un miracle que son petit ami ne s'en soit pas déjà pris à elle!

Sandrine ferme les yeux pendant quelques secondes.

— Je n'avais pas songé à ça.

Édith utilise sa carte pour déverrouiller la porte.

— Qu'est-ce que tu as? demande-t-elle. Tu es bien silencieuse tout à coup?

— Je pense à quelque chose...

Une étrange théorie prend forme dans l'esprit de Sandrine.

— À propos de Marc ?

— Non, à propos de J.C. Et s'il n'était pas tombé directement à la mer ?

— Mais Marc admet qu'il l'a frappé et deux témoins affirment avoir vu J.C. passer par-dessus bord ! proteste Édith. Est-ce que tu insinues qu'ils mentent tous les trois ?

— Non. Peut-être que c'est ce qu'ils croient avoir vu. Seul J.C., et peut-être une autre personne, aurait pu nous dire ce qui s'est vraiment passé après qu'il a basculé dans le vide.

— Tu as complètement perdu la tête ! dit Édith. Si j'étais toi, je ne parlerais de ça à personne. On va penser que tu es folle ou...

— Ou quoi ?

— Écoute. Si c'est quelqu'un d'autre que Marc qui a tué J.C., et que ce type croit que tu es sur ses traces, il pourrait s'en prendre à toi !

— Tu es la deuxième personne qui me dit ça aujourd'hui, dit Sandrine tout bas en frémissant.

Édith se penche vers elle.

— C'est peut-être la preuve que tu devrais faire attention.

Chapitre 12

Nelson est d'une humeur de chien.

La croisière ne se déroule pas du tout comme prévu. La sono a fait des siennes le soir de la première et continue à lui causer des ennuis. Puis Tim, le batteur, lui a laissé entendre qu'il songeait à signer un contrat avec un autre groupe. Enfin, et c'est ce qui le trouble le plus, il y a Sandrine Lalonde.

Elle est différente de toutes les filles qu'il a connues jusqu'ici : plus gentille, plus douce et plus intelligente. Elle lui a plu dès l'instant où il l'a aperçue. L'ennui, c'est qu'elle ne réagit pas du tout comme les filles avec qui il sort d'habitude.

Nelson ne peut s'empêcher de penser à Corinne.

Au début, elle était comme toutes les autres. Elle se tenait devant la scène, se pâmant devant lui et l'implorant du regard pour qu'il passe un moment avec elle après le spectacle. Corinne était jolie. Elle avait les cheveux blonds courts, et son nez était parsemé de quelques taches de rousseur.

Elle disait qu'elle jouait de la flûte et qu'elle espérait poursuivre des études en musique.

Nelson l'avait fait monter sur sa Harley et l'avait emmenée au motel pendant que les gars chargeaient les instruments dans la camionnette. Mais les choses avaient mal tourné lorsqu'ils s'étaient retrouvés seuls dans la chambre.

En voyant que Corinne résistait à ses avances, Nelson n'avait pas insisté, croyant qu'il s'était trompé à propos de ce qu'elle attendait de lui. Puis elle avait changé d'avis et l'avait supplié de l'embrasser. Mais quand Nelson l'avait enlacée quelques secondes plus tard, elle avait été prise de panique.

Il en avait eu assez de ses brusques changements d'attitude et lui avait demandé de partir. Elle avait refusé et commencé à se déshabiller en disant qu'il ne l'aimait pas.

« T'aimer ? avait-il pensé. Mais je ne te connais même pas ! »

C'est à ce moment-là qu'il avait perdu son sang-froid.

Il n'avait pas voulu qu'elle meure. Il avait seulement voulu qu'elle s'en aille.

Nelson enfouit sa tête entre ses mains et se balance d'avant en arrière sur son lit. Il revoit le visage si jeune et si beau de la jeune fille. Mais peu à peu, une bouche sensuelle et des yeux pétillants se superposent à ceux de Corinne. Sandrine...

* * *

Patricia entre dans le bureau de la sécurité et s'avance vers le premier officier.

— Je veux parler à Marc Michaud, dit-elle.

— Je suis désolé, mademoiselle. J'ai reçu l'ordre de ne laisser entrer personne.

Patricia sent les larmes lui piquer les yeux.

— S'il vous plaît. J'ai quelque chose d'important à lui dire.

— Personne ne peut parler au prisonnier tant que...

— Ça ira, Sam, l'interrompt une voix.

Patricia lève les yeux et aperçoit l'officier qui a passé les menottes à Marc avant de l'emmener. Elle baisse la tête, honteuse, même si elle sait qu'elle n'est pas impliquée dans ce qui est arrivé. Du moins, pas directement.

— Je vais amener Marc ici pour que vous puissiez parler, dit-il d'un ton aimable. Mais je vais rester dans la pièce avec vous. Compris?

Deux minutes plus tard, Marc fait son entrée dans la pièce.

— Pat, je suis désolé. Tu ne peux pas savoir à quel point je m'en veux, dit-il en s'assoyant sur une chaise à côté du bureau de Mitch.

— Je suis venue m'excuser, Marc.

— De quoi?

— De t'avoir fait sentir si pauvre que tu te sois cru obligé de voler pour sortir avec moi, dit-elle en hoquetant. Je sais que je ne t'ai jamais demandé ouvertement de m'acheter des choses. Mais j'insistais toujours pour qu'on aille aux mêmes endroits que Marie-France et Christelle, que ce soit au cinéma, au restaurant ou dans les bars. Je m'arrangeais toujours pour te montrer dans les vitrines les vêtements ou les bijoux chers qui me plaisaient. Je suppose que ça n'a pas aidé.

— M'aurais-tu laissé tomber si je n'avais pas eu l'argent pour t'emmener dans tous ces endroits? demande Marc d'un ton hésitant.

— Probablement, admet Pat.

Le visage de Marc se décompose.

— Du moins, je l'aurais fait dans ce temps-là, s'empresse-t-elle d'ajouter. Mais plus maintenant. C'est ça que je voulais te dire, Marc. Tu comptes beaucoup pour moi, même si tu n'as pas un sou.

Marc fait la grimace.

— Ce qui est le cas présentement, dit-il sèchement.

— Je parle sérieusement.

Patricia se tourne vers le lieutenant Mitchell qui sirote son café de l'autre côté du bureau.

— Est-ce qu'il y a quelque chose que je peux faire pour l'aider?

Le lieutenant paraît surpris et pose sa tasse.

— Tu veux dire pour l'aider à se défendre?

— Oui.

— Bien, je ne sais pas trop.

Il se frotte le menton avec le pouce.

— Mais si tu apprends quoi que ce soit à propos de la nuit où Jean-Charles a été tué, n'oublie pas de me le faire savoir.

Patricia hoche la tête et se tourne vers Marc.

— Tout ira bien. Je sais que tu ne peux pas avoir tué J.C. Pas avec un couteau.

Mitch la dévisage.

— Qu'est-ce que tu veux dire, « pas avec un couteau » ? Qui t'a parlé d'un couteau ?

Patricia le regarde en clignant des yeux, étonnée par le ton brusque de sa voix.

— On m'a dit que la garde côtière a découvert que J.C. a été poignardé.

Mitch jure intérieurement.

— Qui t'a dit ça ?

— François. Il a entendu une conversation entre deux officiers.

Le lieutenant paraît furieux.

— Le capitaine sera très en colère si la nouvelle se répand parmi les passagers.

— Je suis navrée. Je ne dirai rien à personne.

Mitch se penche vers Patricia, le regard perçant, comme si quelque chose venait de le frapper.

— Pourquoi as-tu dit que Marc n'aurait pas pu tuer J.C. avec un couteau ?

Patricia s'humecte les lèvres.

— Un jour, je suis tombée en patinant. Un petit garçon est passé sur ma main avec son patin. La lame a coupé presque jusqu'à l'os.

Elle regarde Marc de l'autre côté du bureau.

— Vous voyez ? Regardez-le. Il a déjà le cœur au bord des lèvres.

— Je vois, oui, dit Mitch qui constate qu'en effet, le teint de Marc tourne au vert.

— Il était dix fois pire le jour où je me suis blessée. Il m'a conduite à l'urgence de l'hôpital. J'avais si peur que je lui ai demandé de rester avec moi pendant que le médecin me faisait des points de suture. Mais il n'a pas pu.

— Comment ça?

Marc a l'air embarrassé.

— J'ai perdu connaissance au beau milieu de la salle d'examen. Je ne supporte pas la vue du sang.

Mitch se tourne vers Patricia.

— Tu n'inventes rien, toi?

— C'est la vérité. Je le jure, dit-elle d'une voix qu'elle s'efforce de maîtriser. Le médecin a dû appeler une infirmière pour l'aider à le ranimer. Ensuite, ils l'ont conduit à la salle d'attente et le docteur a pu finir mes points.

Le lieutenant les considère d'un œil mauvais.

— Qu'est-ce que vous êtes en train de me chanter là, vous deux?

— On n'invente rien, insiste Marc. J'essaie de me retenir, mais c'est plus fort que moi. Le sang me fait cet effet-là.

Mitch desserre le nœud de sa cravate et s'adresse à Patricia.

— Est-ce que tu te rends compte de ce que ça veut dire? Si ton histoire est vraie, ça signifie qu'il y a à bord de ce bateau un tueur que la vue du sang n'incommode pas du tout. Et...

Il hésite.

— Quoi ? demande Patricia d'une voix tremblante.

— Je me disais que, généralement, le genre de meurtrier qui procède de cette façon ne se contente pas de faire une seule victime.

— Alors, vous me croyez maintenant ? demande Marc avec une note d'espoir.

Patricia fait une petite prière.

— Ce n'est pas à moi de juger, dit le lieutenant froidement. C'est une question qui concerne la police des Bermudes. Et je suis certain qu'elle ne laissera rien au hasard.

* * *

Sandrine court sur le pont, cherchant une place le long de la rambarde où sont déjà massés les passagers excités. Dans quelques minutes, le *Mystique* entrera dans le port de Saint-George. Comme elle n'est pas de service avant la fin de l'après-midi, Sandrine ne veut pas rater ça.

De la musique des Îles lui parvient à mesure qu'elle approche de la piscine. Sandrine constate, ravie, que les membres de *Réflexe* sont installés sur la terrasse. Ils ont troqué leur chemise en soie noire pour une chemise en coton aux couleurs vives et ont ajouté des maracas à leurs instruments habituels.

Mais Nelson n'est pas là.

Sandrine fronce les sourcils et tente de le

repérer dans la foule, mais le soleil est terriblement aveuglant. Elle fouille dans la poche de son short en coton, mais elle ne trouve pas les lunettes de soleil qu'elle croyait y avoir mises.

— Zut! soupire-t-elle.

Il faudra qu'elle aille les chercher maintenant, car il s'agit de lunettes chères que ses parents lui ont offertes avant son départ.

Elle descend rapidement jusqu'à sa cabine. Édith s'y trouvait il y a quelques minutes à peine, mais elle est partie. «Elle est probablement sur le pont en train de prendre des photos comme tous les autres», se dit Sandrine.

Elle regarde partout dans la chambre, mais aucune trace de ses lunettes. Par contre, elle aperçoit sur le lit d'Édith le journal intime de son amie ainsi que le programme des activités pour la journée. Sachant à quel point Édith est scrupuleuse quand il s'agit de ses affaires personnelles, Sandrine saisit le journal et le range dans l'un des tiroirs du secrétaire réservés à sa compagne. Elle n'a pas besoin de lire ce qu'Édith a écrit pour savoir qu'elle s'amuse beaucoup.

Elle plie le programme des activités en quatre et l'enfouit dans sa poche. Mais elle n'a toujours pas trouvé ses fichues lunettes! Elle s'efforce de se rappeler la dernière fois où elle les a portées. Très tôt ce matin, alors que le soleil était encore bas à l'horizon, elle les a mises en faisant son jogging sur le pont avant d'aller travailler.

Bien sûr, elle les a enlevées quand elle est allée chercher son chariot.

Le chariot! Elle a coincé ses lunettes entre la poudre à récurer et les rouleaux de papier hygiénique pour ne pas qu'elles tombent!

Rapidement, Sandrine verrouille la porte, descend l'escalier de service et se dirige vers la buanderie, là où sont entreposés les chariots.

Chaque préposé à l'entretien a son propre chariot et voit à le remplir quotidiennement des fournitures nécessaires. Sandrine cherche le sien; elle le repère facilement grâce au mouchoir rouge qu'elle a noué autour de la poignée. Elle constate que les lunettes sont exactement là où elle les a placées.

— Merci mon Dieu! dit-elle tout bas. Maman m'aurait tuée si je ne les avais pas retrouvées...

Puis quelque chose attire son attention sur l'un des chariots tout près du sien. Une bouteille de *Seven-Up* vide a été placée au milieu des serviettes propres. L'un des préposés a dû la trouver dans une cabine et a oublié d'aller la porter à la cafétéria.

Si leur supérieure trouvait ça parmi les fournitures propres, elle en aurait une attaque. Sandrine décide d'épargner un sermon à l'un ou l'une de ses collègues en allant la porter elle-même à la cafétéria.

Mais en la saisissant, elle remarque que la bouteille n'est pas vide. Un morceau de papier est enroulé à l'intérieur.

Intriguée, Sandrine dévisse le bouchon et secoue la bouteille, mais le bout de papier ne tombe pas.

— Qu'est-ce que c'est que ça? dit-elle tout bas.

Elle distingue des lettres sur la note à travers le verre émeraude. Sa curiosité est maintenant piquée. Elle insère un doigt dans le goulot en tenant la bouteille à l'envers.

— Je te tiens! souffle-t-elle.

Le bout de papier sent le *Seven-Up* et lui colle aux doigts.

Sandrine le défroisse de son mieux sur une boîte de détersif.

Des lettres irrégulières apparaissent devant ses yeux:

Cher Annjeelo,

Si tu as reçu mon message précédent, tu sais que je n'avais pas le choix: il fallait que je tue ce salaud. J'ai découvert que d'autres personnes te veulent du mal. Elles seront également sacrifiées avant que le bateau ne retourne à New York.

Si je pouvais, j'épargnerais l'une d'elles: Sandrine Lalonde. Mais elle doit payer pour sa déloyauté. Ce ne sera que justice puisque les autres doivent mourir aussi.

Crois-moi, je ne te laisserai pas tomber.

Je te réitère toute ma considération.

Le cœur de Sandrine bondit dans sa poitrine. Au

début, elle est incapable de bouger ou de faire un seul pas vers la porte. Puis tout à coup, la voilà qui sort de la buanderie comme une flèche et qui fonce dans le couloir étroit, comme si elle avait la mort aux trousses.

Cette fois, elle n'emprunte pas l'escalier réservé à l'équipage ; il est isolé et Sandrine a besoin de se mêler à la foule, de respirer de l'air frais et de se retrouver en plein soleil. Elle a besoin de se sentir en sécurité.

Lorsqu'elle pousse les portes battantes et fait irruption sur le pont, les falaises de corail des Bermudes sont dangereusement près de la coque du bateau. Sandrine regarde autour d'elle, paniquée. Elle se fiche des rires joyeux des passagers, de la musique envoûtante, du ciel bleu azur et de l'eau turquoise des Bermudes. Tout ce qui lui importe, c'est de trouver quelqu'un en qui elle peut avoir confiance. Quelqu'un à qui elle pourra montrer le papier et qui la protégera de l'esprit tordu qui a écrit ce message.

Elle aperçoit Édith étendue sur une chaise longue au bord de la piscine. Patricia, Christelle et François, de même qu'un séduisant Latin, se tiennent tout près d'elle et bavardent.

Mais que pourrait faire Édith pour elle ? Quant aux autres... ce sont des étrangers. Lorsque le nom de Marie-France lui vient à l'esprit, Sandrine se dit que cette fille est beaucoup trop déséquilibrée pour qu'on puisse lui faire confiance. Qui sait ? Le jour où elle en aura assez de faire des prédictions sordides, elle décidera peut-être de provoquer elle-même les horribles tragédies qu'elle a annoncées.

Sandrine lève les yeux vers la passerelle au-dessus d'elle. À travers le verre teinté, elle distingue la silhouette de plusieurs officiers en uniforme : le capitaine, bien sûr, et un jeune homme mince aux cheveux bruns qui ressemble à David.

« David ! se dit Sandrine avec espoir. Il collabore à l'enquête ! » Même si elle ne le connaît pas beaucoup, il est le seul à bord du bateau en qui elle a confiance et surtout, le seul qui a le pouvoir de l'aider.

Elle s'élance vers l'escalier en métal et monte à toute vitesse. Une chaîne bloque l'accès à une autre volée de marches. Une affiche indique en gros caractères rouges : *PERSONNEL AUTORISÉ SEULEMENT*.

Sandrine se penche pour passer sous la chaîne et monte l'escalier quatre à quatre. Une fois en haut, elle se heurte à une porte verrouillée.

Elle se met à frapper dans la porte avec ses poings.

— Laissez-moi entrer ! S'il vous plaît, ouvrez-moi !

Presque immédiatement, la porte s'entrouvre et un homme passe la tête dans l'embrasure.

— Cette passerelle est interdite aux passagers, mademoiselle, dit l'officier avec un accent prononcé.

— Je fais partie de l'équipage et il faut que je voie David Alexandre tout de suite. C'est urgent!

— L'officier Alexandre est aux commandes du navire, lâche-t-il simplement.

Sandrine n'est pas certaine d'avoir bien entendu.

— Il quoi?

— Il est à la barre. Vous devrez attendre que le bateau soit à quai avant de lui parler.

La porte se referme avec un bruit sec. Sandrine s'effondre sur la plus haute marche, tremblant de la tête aux pieds et serrant le morceau de papier dans sa main.

Celui qui a tué J.C. a l'intention de faire de nouvelles victimes... Et le nom de Sandrine figure sur sa liste.

Chapitre 13

La sueur ruisselle sur le front de David qui se tient entre le capitaine Aragonis et son second. Il y a quelques instants, il a donné l'ordre de mettre *Artémis* en fonction. Le bateau est maintenant guidé par le pilote automatique.

Pourtant, David sait qu'il ne peut pas s'asseoir et regarder l'ordinateur faire tout le travail. Les machines ne sont pas à toute épreuve. Les meilleurs navigateurs n'abandonnent jamais un bateau à lui-même, même s'il est doté d'un équipement de pointe.

Le regard tendu de David se pose tour à tour sur le gyrocompas, sur les écrans des sonars indiquant la profondeur de l'eau sous la coque, et sur les falaises de corail que quelques mètres seulement séparent des fenêtres.

Le *Mystique* se déplace à une vitesse de quatre nœuds. C'est à peine s'il bouge.

Tout à coup, David se rend compte qu'il retient son souffle. Il s'oblige à prendre quelques bonnes inspirations pour chasser un vertige soudain.

Enfin, il sent la main du capitaine Aragonis se poser sur son épaule.

— Bon travail, officier. Le *Mystique* a fait son entrée dans le port.

David ferme les yeux et humecte ses lèvres desséchées. Jamais il n'a eu aussi peur de sa vie.

— Oui, monsieur. Merci, monsieur.

— Maintenant, vous n'avez qu'à suivre les balises. Le remorqueur nous attend à mi-chemin.

David acquiesce. Il connaît bien cette façon de procéder. Mais tout ce qui compte pour lui en ce moment, c'est qu'il a réussi.

Après que David a remis les commandes au bateau-pilote du port, le capitaine lui donne congé. Lorsqu'il sort sur la passerelle, il trouve Sandrine assise en haut de l'escalier.

— Tu as vu ça? s'écrie-t-il avec fierté. Tu as vu ce que je viens de faire? Je n'en reviens pas!

Il lève un poing dans les airs en signe de victoire, mais Sandrine ne réagit pas.

— Qu'est-ce qu'il y a? demande David.

Sans rien dire, elle lui tend le morceau de papier tout chiffonné.

— Qu'est-ce que c'est?

— Lis-le, répond-elle d'une voix éteinte.

David lit. Puis il relit les mots une seconde fois, plus lentement, se laissant imprégner de toute l'horreur du message.

— Où as-tu eu ça?

— Dans une bouteille de *Seven-Up*. L'un des

préposés à l'entretien a dû la trouver quelque part sur le bateau et l'a mise sur son chariot pour aller la porter à la cafétéria.

David fixe Sandrine et tente de donner un sens aux mots qu'il vient de lire.

— J... je ne sais pas quoi faire, bredouille-t-elle. Pourquoi quelqu'un voudrait-il me tuer ? Je ne suis pas comme J.C., moi. Il avait tant d'ennemis.

— Tu as raison. Ça n'a pas de sens qu'on veuille te tuer.

Mais qui peut savoir ce qui a du sens aux yeux d'un meurtrier ?

— Viens. On ferait mieux de montrer ça au lieutenant Mitchell.

* * *

Lorsqu'ils arrivent au bureau de la sécurité, Mitch est assis à son bureau.

— Où as-tu trouvé ce papier ? demande Mitch après avoir lu la note.

Sandrine le lui dit.

— Est-ce que tu sais à qui le chariot appartient ?

— Non, ils sont tous pareils. Je n'y ai pas porté attention lorsque j'ai vu la bouteille.

— Il semble bien que le message a été écrit par celui ou celle qui a tué J.C., déclare David.

— Oui, murmure Mitch d'un ton songeur.

— On dirait qu'il s'agit d'un fanatique qui fait partie d'une secte et qui envoie un message à son maître, continue David. Il parle de sacrifice et de punition, comme s'il s'adressait à une divinité assoiffée de sang!

— On dirait, oui, approuve le lieutenant Mitchell d'un ton de doute.

— Alors? demande David. Est-ce qu'on ne devrait pas essayer de mettre la main au collet de ce cinglé avant qu'il récidive?

Mitch considère Sandrine en plissant les yeux.

— Il n'y a que ton nom qui est mentionné sur cette lettre. C'est un peu étrange, tu ne penses pas?

— Mais pourquoi moi? Je n'ai rien fait de mal!

La voix de Sandrine se brise.

— Oh mon Dieu! Je viens de penser que Marc ne peut pas avoir écrit la note puisqu'il est gardé sous surveillance.

— C'est vrai, approuve Mitch. À moins que le message n'ait été rédigé avant qu'on le pince.

Son regard est rivé sur celui de Sandrine.

— Ou peut-être que quelqu'un l'a écrit pour essayer de faire peser les soupçons sur une autre personne, et ce, même si Marc a avoué que c'est lui qui a envoyé J.C. par-dessus bord.

Sandrine reste bouche bée en voyant que Mitch ne la quitte pas des yeux.

— Vous ne voulez pas insinuer que c'est elle qui a écrit ça, j'espère? dit David qui n'ose pas tutoyer son supérieur devant Sandrine.

— Pas nécessairement. Il pourrait s'agir d'un des amis de Marc... ou de toute la bande. Car s'ils réussissent à faire croire qu'il y a un meurtrier en série à bord du bateau, Marc sera innocenté.

Mitch prend une grande inspiration.

— Écoutez, dit-il. Je crois que vous vous compliquez la vie pour rien. Cette histoire a commencé par une simple bagarre entre deux gars. Ce qui fait la différence, c'est qu'ils se sont battus sur un paquebot au milieu de l'océan, et non dans le stationnement de la polyvalente.

— Mais... commence David.

— Non! aboie le lieutenant Mitchell en posant le doigt sur le papier chiffonné. Cette mystérieuse petite note ne concorde pas du tout avec les faits que nous avons recueillis. Marc admet avoir frappé J.C. Il l'a vu plonger dans le vide. Il l'a entendu crier et tomber dans l'eau. Deux témoins ont assisté à la scène du pont au-dessus. Ils ont tout vu, sauf l'attaque au couteau.

— Mais Marc affirme qu'il n'a pas poignardé J.C.! Et vous avez dit qu'il ne supportait pas la vue du sang! lui rappelle David.

— J'avoue que tout ça me paraît étrange, admet Mitch. Mais la petite amie de Marc, Patricia, a pu tout inventer. Ou peut-être que Marc a agi impulsivement sans penser aux conséquences.

Le lieutenant Mitchell se passe la main dans les cheveux dans un geste d'impatience.

— De toute façon, on en saura plus long aussitôt que j'aurai fait analyser ce bout de papier au labo pour déterminer à qui appartiennent les empreintes.

Sandrine grimace.

— Je l'ai plié et déplié si souvent... J'ai bien peur qu'il ne reste pas d'autres empreintes que les miennes et celles de David.

Mitch secoue la tête et jure silencieusement.

— Le fait demeure que Marc est le dernier à avoir vu J.C. avant qu'il ne tombe à la mer.

— Ce qui signifie que personne ne peut avoir poignardé le garçon par la suite, conclut David.

Il se tourne vers Sandrine.

La jeune fille est assise, les mains coincées entre les genoux, comme si elle voulait les empêcher de trembler.

— Si c'est l'un des amis de Marc qui a écrit mon nom sur ce papier, dit-elle, il s'agit vraiment d'un sale tour.

L'expression de Mitch s'adoucit.

— Ne te laisse pas ébranler. Peut-être que la petite amie de Marc essaie de le protéger en faisant peser les soupçons sur quelqu'un d'autre. Je n'insinue pas non plus que c'est toi qui as écrit le message. Je dis seulement que c'est possible que quelqu'un ait pris Marc en pitié et ait décidé de brouiller les cartes.

— Peut-être, dit Sandrine tout bas.

D'un geste protecteur, David l'entoure de son bras. Il déteste la voir dans cet état-là.

— Viens, dit-il. Allons boire quelque chose sur le pont. Je suis sûr que tu ne veux pas manquer notre arrivée aux Bermudes. C'est une expérience merveilleuse.

Sandrine lève la tête vers lui, le regard vide. Elle n'a pas entendu un mot de ce qu'il a dit.

* * *

Sandrine se laisse guider sur le pont où la fête bat son plein. Ce n'est qu'une fois arrivée qu'elle se rend compte que David lui tient la main.

Les membres de *Réflexe* jouent toujours sur la scène érigée près de la piscine, et Nelson les a rejoints. Il aperçoit Sandrine et lui fait un petit signe. La jeune fille retire sa main de celle de David et le salue sans enthousiasme.

— Je vais aller nous chercher de la limonade, dit David. Ensuite, on pourra s'asseoir et discuter.

Sandrine hoche la tête, reconnaissante. David est si compréhensif. Si seulement elle pouvait arriver à convaincre le lieutenant Mitchell que les passagers seront en danger tant que le véritable assassin de J.C. ne sera pas arrêté.

Épuisée, elle se tourne pour contempler la côte. De gracieux palmiers dansent au vent sur la plage. Des bungalows roses, pêche et vert pastel surgissent çà et là au milieu de la végétation luxuriante. Sandrine respire à fond et ferme les yeux. Les muscles crispés de son dos se détendent peu à peu sous les chauds rayons du soleil.

Mais rien ne peut chasser complètement la terreur qu'elle éprouve en songeant que quelqu'un complote de la tuer avant leur retour à New York. Sandrine se demande si c'est comme ça qu'on se sent quand le médecin nous apprend qu'on n'en a plus que pour un mois ou une semaine à vivre. Vide. Anéanti. Impuissant.

— Bienvenue aux Bermudes! s'écrie l'animateur en s'approchant du micro après la performance de *Réflexe*.

Des cris joyeux montent dans la foule. Les passagers jubilent, comme s'ils n'avaient pas le moindre souci.

«Si seulement ils savaient», pense Sandrine tristement.

— Tu n'as pas l'air très heureuse, dit une voix à côté d'elle.

Sandrine se retourne et sourit, le cœur soudain plus léger.

— Salut, Nelson! C'est que j'ai tellement hâte d'être à terre!

Dès l'instant où elle l'a vu, elle a décidé de ne rien lui dire à propos de la note. Si elle lui en parlait, il insisterait pour en discuter, et elle ne tient pas à étaler ses peurs inutilement.

— Je comprends ce que tu veux dire. Après deux jours en mer, ça fera du bien de se retrouver sur la terre ferme. Tu sais, c'est le paradis de la plongée ici.

Elle fait la grimace.

— Je t'ai dit que...

— Excuse-moi. J'avais oublié. Tu n'aimes pas nager.

Il l'entoure de ses bras et l'attire contre lui. Elle

sent son souffle sur sa bouche pendant une fraction de seconde avant que ses lèvres se posent sur les siennes.

Sandrine lui sourit après leur long baiser.

— Les gens nous regardent, dit-elle tout bas, un peu embarrassée.

— Je m'en fous. Mais si ça t'ennuie, on peut se retirer dans ma luxueuse cabine.

Elle rejette la tête en arrière dans un éclat de rire.

— C'est ce que j'appelle avoir de la suite dans les idées!

— Tu ne peux pas m'empêcher d'essayer.

— Et d'essayer encore, encore et encore, le taquine-t-elle.

— Tu vas finir par me céder, dit-il d'une voix rauque. Tu n'as pas le choix.

Jusqu'à cet instant, Sandrine était d'accord avec lui. C'est vrai qu'elle avait envie de lui céder. Mais lorsqu'elle a entendu ces mots: «Tu n'as pas le choix», quelque chose s'est brisé en elle.

Martin était comme ça: il lui donnait toujours l'impression qu'elle n'avait pas le choix, surtout quant à son avenir. Sandrine sait maintenant que, peu importe qui sera son petit ami, elle voudra toujours prendre ses propres décisions.

Elle donne un petit baiser à Nelson et se libère de son étreinte.

— Peut-être un jour, dit-elle avec fermeté. Mais pas aujourd'hui, Nelson.

Un éclair de colère traverse son regard.

— Je t'ai vue avec ce jeune blanc-bec en uniforme. Il t'intéresse ? C'est pour ça que tu ne veux pas de moi ?

— Non ! proteste-t-elle, étonnée. C'est un ami, rien de plus !

— Ah ! fait-il, incrédule.

— C'est vrai. On n'est même pas sortis ensemble.

Nelson scrute son visage, comme s'il essayait de savoir si elle dit la vérité.

— Il fait mieux de se tenir tranquille. Je vais le réduire en pièces s'il pose un doigt sur toi !

— Tu ne penses pas ce que tu dis.

— Ah non ?

Une lueur de malice brille dans ses yeux bleus.

— Il faudra attendre de voir ce qu'il va faire... et ce que je vais faire.

Après avoir jeté un regard vers le casse-croûte où se trouve David, il serre Sandrine contre lui et l'embrasse avec passion.

La jeune fille le repousse, mais pas avant d'avoir vu David s'amener sur le pont avec les deux verres de limonade. En voyant Nelson embrasser Sandrine, il s'arrête net.

Chapitre 14

Marie-France est assise près de la piscine sous un parasol aux couleurs de l'arc-en-ciel. Elle a étalé ses cartes sur la table devant elle et regarde le chanteur du groupe *Réflexe* embrasser la fille qui travaille comme femme de chambre... Sandrine.

Il y a un an, elle aurait probablement été jalouse de voir une autre fille qu'elle attirer l'attention d'un beau gars comme lui. Marie-France n'est pas belle ; elle n'est même pas un peu jolie. Ni la fortune de ses parents ni une spectaculaire chirurgie plastique du nez n'ont réussi à la rendre populaire auprès des garçons.

« C'est peut-être pour ça que j'ai enduré aussi longtemps les plaisanteries cruelles de J.C. et ses flirts continuels avec les filles », se dit-elle. Malgré le fait qu'il était parfois odieux avec elle, Marie-France avait peur de se retrouver seule. Sortir avec J.C., c'était mieux que rien.

Marie-France soupire. Elle tire ses propres cartes, même si c'est quelque chose qu'on n'est pas censé faire. Parfois, lorsque des passagers la voient placer ses grandes cartes à motifs colorés sur la table, ils s'arrêtent pour lui poser des questions sur leur avenir. Au moins, ça lui fait des gens à qui parler.

Son interprétation des cartes n'est pas la même lorsqu'il s'agit d'étrangers. Comme elle sait qu'elle ne les reverra jamais, elle leur dit des choses qu'ils veulent entendre, satisfaite de les voir repartir heureux.

Avec les amis, c'est différent. À dix-sept ans, elle a déjà appris une chose : quand on veut garder quelqu'un près de soi, il faut trouver un moyen de le retenir. Mais Marie-France n'a jamais été très bonne pour charmer les gens. En revanche, elle identifie facilement les faiblesses chez les autres ; les peurs qui les font reconsidérer une décision qui pourrait les éloigner d'elle, par exemple.

Elle se souvient du jour où Pat voulait aller aux glissoires d'eau dans les Laurentides avec la bande. Marie-France, elle, préférait aller à Plattsburgh. Elle avait convaincu Patricia qu'il se produirait un drame terrible s'ils allaient à Saint-Sauveur. Ils s'étaient donc retrouvés à Plattsburgh.

Au mois d'octobre, il y avait eu aussi cette soirée de danse à l'école où J.C. avait dépassé les bornes. Alors qu'ils s'apprêtaient à rentrer, J.C. lui avait annoncé qu'ils raccompagneraient Myriam Roy chez elle.

— Puisque Myriam reste assez loin, je vais te

déposer chez toi d'abord, lui avait dit J.C. Ça n'a pas de sens que tu fasses tout le trajet pour rien.

Marie-France avait tout de suite compris ce qu'il avait en tête... le salaud. Myriam était une fille facile ; tous les gars le disaient. Elle avait passé la dernière heure accrochée à J.C. sur la piste de danse. Pas besoin d'être très perspicace pour deviner qu'ils s'arrêteraient dans un stationnement désert après s'être débarrassés d'elle.

Cette dernière avait résolu le problème très rapidement. Sans perdre une minute, elle avait étalé ses tarots sur le plancher du gymnase et tiré les cartes à Myriam. Elle avait livré une performance digne d'un Oscar.

— C'est terrible... terrible, avait-elle gémi en désignant la carte de la mort.

Elle était même parvenue à verser quelques larmes.

— Quoi ? Qu'est-ce qui est terrible ? avait demandé Myriam en écarquillant les yeux.

— Je vois un accident de voiture... Une tragédie. Mais ce n'est pas toi qui conduis. C'est un garçon. Il donne un coup de volant et un autre véhicule vient heurter la voiture du côté du passager... Tu pousses un cri !

Marie-France avait enfoui son visage dans ses mains.

— Oh Myriam ! Je suis désolée.

Bien sûr, Myriam ignorait que les tarots ne peuvent pas être aussi précis. La pauvre fille avait bondi de sa chaise dans sa robe moulante et couru jusqu'au téléphone public dans le couloir. Quelques minutes plus tard, son frère était venu la chercher en moto.

Marie-France sourit. « Oui, pense-t-elle. Les cartes peuvent s'avérer très utiles. »

Depuis quelque temps, toutefois, elle s'interroge sur le réel pouvoir des cartes et ses aptitudes à prédire l'avenir. Car parfois, au moment où elle s'y attend le moins, ses terribles prédictions se concrétisent. C'est arrivé si souvent récemment que ça commence à l'inquiéter.

Au début, c'était super. Elle était devenue le point de mire à l'école. On commençait même à chuchoter qu'elle était médium. C'est à peu près à cette période-là que Myriam a eu un accident d'auto.

Il y avait six autres jeunes avec elle, et tous étaient ivres. Myriam était assise du côté du passager et elle a raconté que la voiture avait traversé la ligne médiane avant d'être heurtée par un autre véhicule. Par la suite, Marie-France est devenue célèbre pour ses prédictions. Même Christelle, qui avait toujours été sceptique quant aux pouvoirs des tarots, avait commencé à lui demander conseil à propos de sa relation avec François.

Mais aujourd'hui, Marie-France a peur. Très peur. Car elle a tiré les cartes à J.C. la veille de leur départ. Elle ne cherchait qu'à l'effrayer pour qu'il se conduise bien durant la croisière. Elle lui a dit que la Papesse et l'Amoureux indiquaient qu'il devait être discret et se tenir loin des autres filles. Sinon... Elle a ensuite retourné la carte de la mort.

J.C. a ri et fait fi de son avertissement en flirtant avec Sandrine et sa copine. Et maintenant, il est mort. Mort !

Marie-France se demande s'il ne s'agit pas d'autre chose qu'une simple coïncidence. Peut-être qu'elle possède une sorte de pouvoir diabolique qu'elle ne peut pas maîtriser. Sans le vouloir, elle a peut-être provoqué la mort de J.C. !

Au bord des larmes, Marie-France voit David poser deux verres devant elle. Le jeune officier regarde Sandrine et le chanteur qui s'embrassent. L'air mortifié, il tourne vivement les talons et s'en va.

Marie-France pousse un soupir et s'empare d'un des verres de limonade. « Après tout, se dit-elle, autant faire contre mauvaise fortune bon cœur. »

* * *

Sans trop savoir pourquoi, Sandrine est embarrassée que David ait vu Nelson l'embrasser. Après tout, David et elle ne sont que des amis, rien de plus. Elle le connaît à peine.

« Tout comme Nelson, d'ailleurs », lui rappelle une petite voix dans sa tête.

Sandrine est debout et regarde le chanteur qui est remonté sur scène avec les autres membres de *Réflexe*. Ils entonnent une chanson reggae, au grand plaisir de la foule.

Sandrine le trouve formidable. Il est beau, affectueux, talentueux... Mais l'insistance dont il fait preuve pour l'entraîner dans son lit commence à l'agacer. Pourtant, il ne semble pas être comme les autres gars de son âge qui souhaitent seulement passer un peu de bon temps avec une fille. Il se comporte comme si toute sa vie dépendait du fait qu'il couche avec elle le plus tôt possible, même s'ils ont tout l'été devant eux. Mais ce qui la tracasse encore plus, c'est qu'il commence à montrer des signes d'impatience à son endroit. Lorsque David a interrogé Nelson l'autre jour à la cafétéria, Sandrine a pu constater que ce n'est pas beau à voir quand il explose. Sa colère finira-t-elle par éclater si elle continue à refuser ses avances ?

Sandrine soupire.

— Je ne te comprends pas, Nelson. Mais tu m'attires terriblement.

— Qu'est-ce que tu as dit ? demande Marie-France installée à une table non loin de là.

Elle porte un maillot de bain noir très sobre coupé de façon à flatter sa silhouette épaisse et courte.

— Je pensais tout haut, répond Sandrine en désignant Nelson d'un coup de tête.

Marie-France pince les lèvres et examine le chanteur qui se démène sur la scène.

— Il est pas mal mignon, admet-elle avec une lueur d'envie dans le regard.

Elle se tourne vers Sandrine.

— Vous sortez ensemble ?

— On peut dire ça, oui. Entre ses spectacles et mes heures de travail.

Marie-France a l'air songeuse tandis qu'elle mêle les cartes. Sandrine la prend en pitié. Depuis l'arrestation de Marc, Patricia ne s'occupe plus beaucoup d'elle, et Christelle et François sont assis à une table de l'autre côté de la piscine et discutent avec animation.

— Tu veux me tirer les cartes ? lui demande Sandrine.

— Non ! répond Marie-France promptement.

— Pourquoi pas ? Je t'ai vue le faire pour quelques personnes qui se sont arrêtées à ta table.

— Ça prend beaucoup de concentration, explique Marie-France d'un ton grave, et j'ai mal à la tête. Ça ne marcherait pas.

Sandrine hausse les épaules.

— Une autre fois, alors.

Elle se retourne pour partir.

— Attends ! crie Marie-France. Je veux bien te faire les cartes. Mais tu dois savoir que le tarot est différent de la bonne aventure ou d'une boule de cristal. Ne compte pas sur moi pour te dire que tu auras cinq enfants et vingt petits-enfants.

— Explique-moi ce qu'est le tarot, dit Sandrine en saisissant le paquet de cartes.

Elle dispose les cartes plastifiées sur la table et observe les figures médiévales qui y sont représentées : le Diable, la Force, la Roue de la fortune, la Justice, le Fou. Il y en a vingt-deux en tout.

— Le tarot est un jeu très ancien, commence Marie-France. Certains croient qu'il a été inventé par les Égyptiens. Une bonne tireuse de cartes peut répondre à une question précise en interprétant la position des cartes. Pour ça, elle doit tenir compte des événements passés dans la vie du sujet, des conditions présentes et des chances de succès ou d'échec dans l'avenir.

— Si les circonstances changent, alors le futur peut changer aussi ? demande Sandrine.

— Exactement.

Marie-France détourne les yeux vers l'autre côté de la piscine où Christelle et François ont encore haussé le ton.

Brusquement, Christelle se lève. Elle lance le programme des activités à François et s'éloigne en coup de vent.

— Elle n'a vraiment pas l'air contente, fait remarquer Sandrine.

— C'est toujours pareil, déclare Marie-France. Ils sont les meilleurs amis du monde et, l'instant d'après, ils s'engueulent.

— Pourquoi ?

— Va donc savoir !

— Que disaient les cartes de Christelle l'autre jour ?

— À propos d'elle et de François ?

Marie-France pousse un long soupir.

— Selon le tarot, ils ne sont pas faits l'un pour l'autre. Les cartes disent qu'ils vont finir par se détruire s'ils restent ensemble.

Même si Sandrine ne croit pas au surnaturel, elle ne peut s'empêcher de frémir.

— J'ai une question pour les cartes, lance-t-elle.

Marie-France pince les lèvres en fixant le jeu de tarots déployé en éventail.

— Laquelle ? demande-t-elle enfin.

Sandrine s'assoit en face d'elle.

— Je veux savoir qui a écrit une lettre anonyme.

— Les cartes ne donnent pas de nom, déclare Marie-France, froissée. Et je ne suis pas une experte en graphologie.

— Alors... est-ce que je peux demander si ce que dit cette lettre est vrai ?

— Qu'est-ce qu'elle dit ?

Sandrine hésite, guettant la réaction de Marie-France.

— Elle dit que les gens qui se trouvent sur ce bateau et qui ont été déloyaux seront sacrifiés. J'en fais partie.

Marie-France hausse les sourcils, mais son visage demeure impassible.

— Sacrifiés ? Comme dans un rituel païen ?

— Peut-être.

Soudain, le regard de Marie-France se durcit.

— Cette note... Tu crois qu'elle pourrait avoir été écrite par la personne qui a tué J.C. ?

— Marc était déjà sous surveillance quand je l'ai trouvée.

190

— Je ne parle pas de Marc! dit Marie-France sèchement. Je l'ai dit à David, cet idiot d'officier: Marc ne ferait pas de mal à une mouche. Comment aurait-il pu tuer son ami?

Sandrine se penche en avant.

— Il semble qu'ils n'étaient pas si bons amis que ça. Marc a admis qu'il volait de l'argent aux passagers. J.C. l'a surpris en flagrant délit et il a menacé de le faire chanter.

— Ça, c'est bien lui.

— Tu ne crois pas que, quand on se sent pris au piège, on peut agir impulsivement?

— Oui, bien sûr, répond Marie-France. On peut frapper un gars en plein visage, par exemple. Ça n'aurait pas été la première fois que J.C. se faisait envoyer au tapis. Mais il paraît qu'il a été...

Elle laisse tomber sa tête entre ses mains et se met à sangloter.

— Mon Dieu! Je ne peux même pas y penser...

— Ce n'est rien, dit Sandrine en lui touchant le bras. Je suis désolée. Je n'aurais pas dû te parler de ça.

— Non!

Marie-France relève la tête, l'air étrangement alerte.

— Tu veux savoir si la note dit vrai.

Elle ramasse les cartes et en fait un paquet. Elle travaille rapidement, plaçant les tarots en ordre numérique.

— Marie-France, laisse tomber si ça te bouleverse trop.

— Ça ira. C'est une question sans danger. Tu demandes seulement si la note est vraie, et non si tu vas mourir. Il faut faire attention à la façon de formuler nos questions.

— Je ne comprends pas.

— Tu n'as pas besoin de comprendre.

Elle dépose le jeu sur la table.

— Mêle les cartes.

Sandrine soupire et s'exécute. Puis elle remet les tarots à Marie-France.

Lentement, celle-ci retourne les cartes : le Pendu, la Mort, la Maison-Dieu...

Marie-France laisse échapper un petit cri. Elle s'apprête à balayer les cartes d'un geste, mais Sandrine lui agrippe le bras.

— Non, dit-elle fermement. Dis-moi ce que tu vois !

Marie-France écarquille les yeux, horrifiée.

— Je ne peux pas. S'il te plaît, n'insiste pas ! pleurniche-t-elle.

Sandrine étudie le visage de la jeune fille. Ou elle est très bonne comédienne, ou elle a très peur de quelque chose.

— Je veux savoir si cette note indique qu'il y aura d'autres victimes.

Marie-France se dégage d'un geste brusque.

— Les cartes sont incertaines.

— Qu'est-ce que ça veut dire ? Elles n'arrivent pas à se décider ?

— Ça signifie que la Mort attend sa chance,

finit par dire Marie-France. Elle touchera des gens près de toi, mais elle ne peut pas intervenir maintenant. Le Pendu indique un retard. La Maison-Dieu révèle que quelqu'un dans ton entourage te déçoit; il ou elle n'est pas comme tu l'avais imaginé.

Sandrine avale difficilement sa salive. Le battement de ses artères lui emplit la tête.

Marie-France la regarde droit dans les yeux.

— Tu dois être prudente. Quelqu'un en qui tu as confiance te détruira s'il en a l'occasion.

Sandrine a une boule dans la gorge.

— Qui?

Marie-France secoue la tête.

— Les cartes ne donnent pas de nom. Mais tu dois tenir compte de leur avertissement et agir en conséquence.

L'air bouleversée, elle ramasse les tarots et se lève comme si elle allait partir.

— Une dernière question, la supplie Sandrine. Est-ce que je vais mourir?

Marie-France se met à trembler et devient toute pâle en croisant le regard de Sandrine.

— Je ne peux pas te répondre. On ne peut pas poser plus d'une question par jour. Il faut attendre que les vibrations disparaissent du jeu. Sinon, notre interprétation des cartes ne sera pas bonne.

— Demain, alors? demande Sandrine d'un ton implorant.

— Tu ferais mieux de ne pas insister. Oublie

donc cette note. Oublie aussi J.C. Et arrête de poser des questions.

Les larmes aux yeux, Marie-France s'éloigne en courant et disparaît dans le couloir.

Sandrine reste debout sur le pont, figée. Il n'y a qu'une raison qui puisse expliquer le refus de Marie-France de lui répondre : elle va mourir !

Chapitre 15

Au milieu de l'après-midi, le *Mystique* jette l'ancre au port de Saint-George. Une heure plus tard, les douaniers annoncent que tous les passagers sont autorisés à descendre à terre.

Malheureusement, Sandrine et Édith doivent travailler jusqu'à dix-huit heures. Elles font les arrangements nécessaires pour pouvoir travailler ensemble sur le même pont.

Toutes les dix minutes, Édith vient parler à Sandrine.

— Hé! Tes coins de lit ne sont pas bien faits, dit-elle.

Puis, un peu plus tard:

— N'oublie pas d'essuyer le carrelage de la douche.

— Tu ferais mieux d'aller prendre un peu de soleil au lieu de passer ton temps à me surveiller, finit par lui dire Sandrine.

— Qui a le temps de prendre du soleil avec tout ce travail? grogne Édith.

— Oh! ce n'est pas si terrible. Pensais-tu qu'on n'aurait qu'à aller chercher notre chèque de paye sans lever le petit doigt? demande Sandrine.

Elle laisse tomber des draps sales dans le bac de son chariot et en saisit une paire de propres.

— Bien sûr que non, répond Édith. Seulement, c'est très exigeant de s'assurer que tout est parfait dans chaque chambre. Si l'un des préposés ne fait pas bien son travail et qu'un passager se plaint, mon père pourrait perdre son emploi.

— J'en doute, dit Sandrine. De toute façon, ce n'est pas ton travail de passer derrière les préposés. Tu es payée pour changer les draps et laver les toilettes. Tu t'en fais trop pour des futilités, mais pas assez pour les choses importantes.

— Qu'est-ce que tu veux dire? demande Édith en plissant les yeux.

— Tu me cries après parce que je ne fais pas les lits comme il faut alors qu'il y a un meurtrier en liberté sur le bateau.

Édith hausse les épaules.

— Je sais que la police va s'occuper de l'affaire.

Elle détourne la tête et Sandrine ne peut plus voir l'expression de son visage. Elle lui a tout raconté à propos de la note et des prédictions sinistres de Marie-France. Elle soupçonne son amie d'être beaucoup plus affectée par cette histoire qu'elle veut bien le laisser voir.

— Écoute, dit Sandrine en passant un bras

autour d'Édith. Je sais que tu te fais du souci pour ton père et que tu souhaites que la croisière se déroule bien. Mais nous faisons bien notre travail. Et concernant cette histoire de meurtre, je suis certaine que tu as raison : ce n'est qu'une question de temps avant que la police ne résolve l'affaire.

— Je suppose...

Édith dévisage Sandrine pendant un instant.

— C'est toi qui devrais être morte d'inquiétude. Moi, si quelqu'un voulait me tuer...

Sandrine tressaille.

— Ne parlons pas de ça.

— O.K.

Édith semble regretter d'avoir abordé cette question. En fait, elle a l'air épuisée.

— Tu en fais vraiment trop, lui dit Sandrine. Pourquoi tu ne vas pas te changer et prendre un peu l'air sur le pont ? Il ne reste que quelques cabines à nettoyer. Je te rejoins dans quinze minutes.

Édith lui sourit avec reconnaissance.

— Tu es certaine que ça ira ?

— Mais oui.

Édith hoche la tête mais paraît toujours préoccupée.

— Qu'est-ce qui ne va pas ? demande Sandrine.

— Je pensais à Nelson. Que ferais-tu s'il te demandait de le suivre à Toronto à la fin de l'été ?

Sandrine n'a pas envisagé cette possibilité, mais sa réponse ne se fait pas attendre.

— Je n'irais pas ! Je veux terminer mes études.

Un sourire se dessine sur les lèvres d'Édith.

— Ça veut donc dire que je ne serai pas encore débarrassée de toi.

Sandrine lui donne une poussée amicale.

— Va-t'en avant que je change d'idée !

Elle regarde Édith s'éloigner et se rend soudain compte de toute la place que son amie prend dans sa vie. Envers et contre tout, elles sont toujours ensemble après toutes ces années. Elles ont appris à faire des gâteaux ensemble ; elles ont patiné par des froids sibériens sur le canal Rideau ; elles ont dévoré des dizaines et des dizaines de coupes glacées garnies de fondant au chocolat chaud, de crème fouettée et de miettes d'*Oreo*. Elles ont passé des heures au téléphone à parler de tous les sujets imaginables : des garçons, bien sûr, mais aussi de la meilleure marque de serviettes sanitaires lorsque leurs règles ont commencé, à quelques semaines d'intervalle. En sixième année, Sandrine a aidé Édith à vaincre la dyslexie ; de son côté, Édith lui donnait un coup de main quand elle s'arrachait les cheveux à cause de problèmes d'algèbre.

En fait, il n'y a pas de meilleures amies au monde.

Vingt minutes plus tard, Sandrine a terminé. Elle aperçoit Édith sur le pont en compagnie de David. Elle s'arrête pour les regarder tandis qu'ils contemplent la ville de Saint-George, côte à côte. Pendant un moment, son cœur se serre. Est-elle jalouse de voir David avec une autre fille ? Elle chasse rapidement cette idée de son esprit. David a bien le droit d'aimer qui il veut. Quant à elle, elle a Nelson.

Elle suit le regard de ses deux amis qui observent la rive. Des rues étroites serpentent à flanc de coteau entre les hibiscus et les cocotiers. Les rainettes poussent des cris aigus qui évoquent des milliers de clochettes tintant dans l'air du soir. Des voitures aux couleurs vives tirées par des chevaux circulent dans les rues bordées de boutiques.

Malgré tout, Sandrine doit avouer que ça lui fait drôle de voir son nouvel ami et sa vieille copine ensemble. Elle se demande si David a tout raconté à Édith à propos du baiser de Nelson. Mais pourquoi l'aurait-il fait? Puis, elle se rappelle qu'il n'est pas revenu avec les limonades après l'avoir surprise dans les bras de Nelson.

«Il ne voulait pas nous déranger, c'est tout, se dit-elle. Les garçons ont une entente tacite: ils ne s'interposent pas quand un des leurs tente de séduire une fille.»

— C'est beau, hein? chuchote Sandrine en s'approchant de David.

Édith soupire.

— J'aimerais bien qu'on ait des fleurs comme ça qui poussent au bord de la rivière Outaouais. Elles sont roses, orange, et énormes.

Ils restent tous silencieux pendant un long moment.

— Tu n'as pas rendez-vous avec Nelson? finit par demander Édith.

Sandrine sent David se raidir à côté d'elle.

— Oui, répond-elle comme si de rien n'était. Et toi?

— Quelques gars m'ont invitée, mais je n'ai pas le goût de sortir.

— Tu devrais, pourtant. Dis-lui, David.

Une idée formidable traverse l'esprit de Sandrine.

— Tu pourrais venir avec nous!

— Et vous servir de chaperon? Non, merci!

— Je parle sérieusement. Nelson dit qu'il connaît des bars super sur l'île.

Édith ne dit rien.

— On peut passer la soirée ensemble, si tu veux, propose David.

Il se tourne vers Sandrine et lui adresse un sourire plein d'espoir.

— À moins qu'on sorte tous les quatre?

— C'est une bonne idée, dit Sandrine d'un ton hésitant.

Elle ne sait pas trop comment Nelson réagira. David et lui ne s'entendent pas exactement comme larrons en foire.

Édith secoue la tête.

— Vous êtes très gentils tous les deux, mais je n'ai pas envie de sortir ce soir. J'ai un peu le mal du pays, je crois.

Sandrine regarde en bas. Elle aperçoit au bout de la passerelle des passagers qui bavardent et rient en descendant sur le quai. Elle ne peut pas voir la partie la plus élevée de la passerelle, cependant, car le pont qui se trouve deux étages au-dessous d'eux déborde le reste du navire de quelques mètres.

— Mon Dieu! souffle-t-elle tout à coup.

David fronce les sourcils.

— Quoi?

— Regardez ça! Le pont, là, en bas!

— Qu'est-ce qu'il a?

— Il est plus large que le reste du paquebot!

— Tu as vraiment été en mer trop longtemps, toi, dit Édith.

— Elle a raison, dit David. Ce pont a été construit de cette façon pour permettre l'aménagement de cabines plus luxueuses. C'est là que sont situées les suites.

Sandrine agrippe la rambarde.

— C'est bien du huitième pont, juste au-dessous de nous, que J.C. est tombé, n'est-ce pas? demande-t-elle.

— Je crois, oui, répond David. Christelle et François, eux, étaient exactement à l'endroit où nous sommes.

— Croyez-vous qu'un gars qui a déjà fait de la gymnastique pourrait exécuter un saut périlleux arrière par-dessus cette rampe?

— Sûrement, oui, dit David. Mais pourquoi ferait-il ça? Il faudrait qu'il soit suicidaire!

— Pas s'il sait qu'il tombera seulement quelque trois mètres plus bas sur un pont bien solide.

Sandrine observe Édith, puis David, et guette leur réaction.

— Les amis de J.C. nous ont dit qu'il aimait prendre des risques. C'est pour ça qu'on a refusé de le garder dans l'équipe de gymnastique de l'école.

— Mais s'il a atterri sur le pont d'en dessous, comment son corps a-t-il pu se retrouver dans l'océan avec une plaie au thorax? demande Édith, sceptique.

— Tu as raison, dit Sandrine en soupirant. Ça n'explique pas qu'il ait été poignardé.

— Au contraire! s'exclame David d'une voix excitée. Dans sa déposition, Marc a déclaré que le cri de J.C. avait semblé durer une éternité. Christelle et François, quant à eux, ont prétendu qu'ils avaient entendu le cri aussi, mais qu'il s'était arrêté pour reprendre quelques secondes plus tard.

— Où veux-tu en venir? demande Édith avec impatience. Tu essaies de nous faire croire qu'un assassin armé d'un couteau passait sur le pont par hasard au moment où J.C. est tombé?

Elle roule les yeux.

— Ce qu'il veut dire, commence Sandrine, c'est que quelqu'un attendait J.C. sur le pont. Quelqu'un qui était au courant du coup qu'il mijotait.

David secoue la tête, comme s'il refusait de croire sa propre hypothèse.

— Tout était planifié. J.C. avait décidé de

donner une bonne frousse à ce pauvre Marc.
Comme le font les gymnastes quand ils s'entraînent, il a demandé à quelqu'un d'être là pour s'assurer qu'il n'y aurait pas de problème à
l'atterrissage. Il fallait qu'il trouve quelqu'un qui
n'irait pas tout raconter à Marc. On élimine donc
Christelle et François, qui semblent beaucoup trop
honnêtes pour s'impliquer dans une affaire pareille.
Il ne peut pas s'agir de Patricia non plus,
naturellement, et il est peu probable que ce soit
Marie-France...

— On ne peut pas en être sûrs, l'interrompt
Sandrine. Elle est plutôt bizarre.

— Tu as raison, approuve David. De toute
façon, cette personne a poignardé J.C. dès qu'il
s'est retrouvé sur le pont. Ensuite, elle l'a poussé
par-dessus bord.

Sandrine ferme les yeux pour chasser les images
d'horreur qui lui traversent l'esprit.

— Il me semble que le tueur courait un très
gros risque, dit Édith. Comment pouvait-il être
certain que personne ne passerait au moment
fatidique ?

— Une section de ce pont était fermée ce soir-là
pour permettre l'installation de tables de ping-pong
en vue du tournoi du lendemain, explique David.

Édith se tait, à court d'arguments.

Sandrine dévisage David.

— Qu'est-ce que tu vas faire maintenant ?
demande-t-elle d'une voix éraillée.

— Je crois que je ferais mieux d'aller trouver Mitch.

— Penses-tu qu'il voudra t'écouter?

— Il n'a pas tellement le choix. C'est la seule explication plausible qu'on a trouvée jusqu'à maintenant.

Édith croise ses bras sur sa poitrine pour réprimer un frisson. Elle se tourne vers Sandrine.

— À bien y penser, je crois que je vais accepter ton invitation. Je veux t'avoir à l'œil.

— Je viens aussi, dit David d'un ton grave.

Sandrine leur adresse un sourire reconnaissant.

— Merci.

Chapitre 16

Nelson est furieux lorsque Sandrine lui annonce qu'elle a invité Édith et David à sortir avec eux.

— Pourquoi faut-il qu'on passe la soirée avec ces deux-là ? gronde-t-il aussitôt qu'Édith et David se lèvent pour aller sur la piste de danse du club *L'Orchidée noire*.

— Pourquoi pas ? Ce sont mes amis, répond Sandrine. De plus, Édith s'inquiète de moi et David est...

Elle hésite.

— David est quoi ? demande Nelson sèchement. Un ami ? ajoute-t-il avec sarcasme.

Sandrine le regarde avec colère. Elle n'aime pas du tout quand Nelson se montre jaloux et dominateur. Il lui fait tellement penser à Martin.

— Pourquoi tu ne l'admets pas, hein ? continue Nelson. Il te trouve de son goût et il veut nous surveiller. Comme ça, si je rate mon coup avec toi, il va ramasser les pots cassés.

— Ce n'est pas ça du tout, proteste Sandrine. Il

accompagne Édith pour qu'elle ne se sente pas de trop.

— Ouais.

Nelson regarde autour de lui comme s'il voulait penser à autre chose.

— Cet endroit a beaucoup changé, dit-il.

— Tu es déjà venu ici?

— Oui. Le club portait un autre nom à cette époque-là. Un été, on a joué ici pendant un mois. Le propriétaire voulait qu'on revienne l'année suivante mais...

Il s'interrompt brusquement et son visage s'assombrit.

— Mais quoi?

— Rien. Allons danser.

Il la prend par la main et l'entraîne sur la piste de danse. Au milieu de la foule joyeuse, sur la terre ferme, Sandrine se sent beaucoup plus en sécurité.

Tout en dansant, elle remarque un mur tapissé de photos de célébrités qui sont déjà venues à *L'Orchidée noire*. Parmi elles, elle reconnaît Harrison Ford, Madonna, Michael J. Fox et Gloria Estefan. Un peu plus bas, elle aperçoit les photos de plusieurs groupes qui ont joué ici. L'un d'eux lui est familier: cinq musiciens posent avec leurs instruments. Sur la grosse caisse, on peut lire: *Réflexe*.

— Hé! regarde! crie-t-elle à l'oreille de Nelson pour couvrir la musique.

— Quoi?

206

— Il y a une photo de ton groupe sur le mur !

Nelson se retourne, le sourire aux lèvres. Mais dès que ses yeux se posent sur la photo, son regard se durcit et sa mâchoire se contracte. Il agrippe Sandrine par le bras et la tire jusqu'au milieu de la piste.

— Qu'est-ce qu'il y a ? demande-t-elle.

— Rien ! répond Nelson avec brusquerie.

— Nelson...

— J'ai dit rien ! Arrête, veux-tu ?

Sandrine le dévisage, effrayée par la lueur sauvage qui est apparue dans ses yeux. Ils dansent pendant encore une heure, puis les musiciens s'arrêtent pour prendre une pause.

— Allons-nous-en, dit Nelson. Ce groupe n'est pas très bon, de toute façon.

— Moi, je les aime bien, déclare Édith.

— Ils sont pourris, marmonne Nelson. Tu n'y connais...

— Tais-toi, intervient David. On est entre amis, ici. On est venus pour s'amuser.

Nelson le foudroie du regard.

— S'amuser ! répète-t-il avec mépris. Il paraît qu'il y a un maniaque sur le bateau qui dresse la liste de ses victimes, et toi tu veux qu'on s'amuse.

— Qui t'a parlé de cette note ? demande David.

Nelson grogne.

— Hé ! ça suffit, les questions ! Si tu veux vraiment qu'on passe une belle soirée, arrête de fourrer ton nez partout.

— Avez-vous fini de vous disputer? demande Sandrine qui se tient derrière eux. Sortons et trouvons un autre endroit où aller.

Mais dès qu'ils sont sur le trottoir, Sandrine pousse un petit cri.

— Oh! j'ai oublié mon sac à l'intérieur!

Nelson roule les yeux.

— Je vais le chercher, dit Sandrine. J'en ai pour une minute.

Elle entre dans le club et traverse la piste jusqu'au mur de photos. Elle a fait exprès de laisser son sac sur la chaise pour pouvoir jeter un coup d'œil sur la photo qui a tant troublé Nelson.

Elle trouve la photo de *Réflexe* et l'examine. Elle scrute le visage de tous les musiciens, puis celui du chanteur.

Ce n'est pas Nelson.

* * *

Pendant toute la soirée, la photo continue d'obséder Sandrine. Le jeune homme qui tient le micro a les cheveux roux et le visage rebondi. Il ne ressemble pas du tout à Nelson.

Pourtant, celui-ci lui a dit que ses amis et lui chantent ensemble depuis qu'ils sont au secondaire. Pourquoi lui a-t-il menti? Qu'a-t-il donc à cacher?

À mesure que la soirée avance, Sandrine devient de plus en plus nerveuse. Nelson finit par s'en apercevoir.

— Qu'est-ce que tu as? dit-il d'un ton irrité

quand elle lui demande de retourner au bateau à vingt-deux heures trente. T'es fâchée contre moi ?

— Non, répond Sandrine. Je ne me sens pas bien, ment-elle.

Nelson secoue la tête et rit.

— Tu as fait le voyage de New York jusqu'aux Bermudes sans avoir le mal de mer, et maintenant qu'on est à terre, tu ne te sens pas bien !

— Arrête, Nelson, dit David. Sois donc courtois pour une fois dans ta vie. Retournons tous au bateau.

— Il n'y a pas de raison que votre soirée soit gâchée, déclare Édith avec diplomatie. Je vais rentrer avec Sandrine. Vous deux, continuez la tournée des bars.

— Mais oui ! grogne Nelson. Ce cher David et moi, on va passer une soirée merveilleuse en tête à tête !

David lui jette un regard mauvais.

— Je ne passerai pas une minute de plus qu'il ne le faut avec toi. Alors ne gaspille pas ta salive.

— Allez-y ! dit Édith en levant les bras au ciel. Pourquoi vous ne vous tapez pas dessus qu'on règle la question une fois pour toutes ?

— Non ! s'écrie Sandrine. Il n'y aura pas de bagarre. Viens, Édith. On s'en va.

David la saisit par le poignet.

— Ce n'est pas une bonne idée. Deux filles seules le soir dans une ville étrangère... Quelqu'un guette peut-être l'occasion de s'en prendre à toi.

En équilibre sur les pieds arrière de sa chaise, Nelson éclate de rire.

— Vous êtes paranos. Vous croyez vraiment avoir affaire à un assassin?

— Tu as une autre théorie? demande David.

— Bien sûr.

Nelson passe un doigt sur le goulot de sa bouteille de bière.

— Comme je l'ai déjà dit, je crois qu'il y a eu une bagarre entre deux gars et que le perdant a piqué une tête dans la mer. C'est aussi simple que ça. Et bon débarras!

— Ce n'est pas une façon de parler de quelqu'un qui a été victime d'un meurtre, déclare David en fixant Nelson d'un air glacial.

Soudain, Sandrine en a assez de leurs chamailleries.

— Faites donc ce que vous voulez. Moi, je rentre.

Elle repousse sa chaise avant que ses amis n'aient pu l'en empêcher.

— Allez où ça vous chante avec qui ça vous plaît! C'est ma tournée.

Elle lance un billet de dix dollars sur la table et s'en va.

* * *

Une fois dehors dans la nuit noire, Sandrine se sent beaucoup moins brave. Elle marche rapidement dans l'ombre des boutiques le long des rues en pavés ronds. Quelques palmiers s'élèvent au-dessus de sa tête et jettent de longues ombres fines devant elle. De doux bruissements dans les buissons bordant le trottoir trahissent la présence de rainettes ou de salamandres.

Sandrine ne sait pas pourquoi elle a perdu son sang-froid. Nelson s'est montré désagréable pendant toute la soirée, mais elle aurait pu ne pas s'en occuper. Quant à la photo, peut-être que Nelson était tout simplement malade le soir où elle a été prise, et qu'un autre chanteur l'avait remplacé.

Édith et David, eux, essayaient seulement de l'aider. Mais ce dont elle a besoin, c'est d'un peu de temps seule pour mieux réfléchir aux événements qui bouleversent sa vie depuis quelques jours.

Toute cette histoire est si abracadabrante! Elle n'a jamais rien fait pour nuire à qui que ce soit. Pourquoi l'auteur de la note veut-il s'en prendre à elle? Elle n'est qu'une adolescente de dix-sept ans qui caresse l'ambition de devenir danseuse professionnelle!

Et maintenant, voilà que quelqu'un ne veut même pas qu'elle vive!

La vue de Sandrine s'embrouille. Il n'y a plus de touristes sur le trottoir qui flânent devant les boutiques ou qui sortent d'un bar pour entrer dans un autre. Sandrine n'a pas remarqué où elle allait.

«Je suis perdue», pense-t-elle misérablement.

Elle s'arrête pour essuyer ses larmes. Lorsque le

bruit de ses propres pas cesse, Sandrine entend quelqu'un qui s'approche derrière elle.

Elle pivote sur ses talons, mais ne voit personne. Elle retient son souffle et prête l'oreille. Rien.

— Y a quelqu'un? parvient-elle à demander.

Mais elle n'obtient que le coassement des grenouilles en guise de réponse.

Puis quelque chose remue dans les buissons à sa droite. Sandrine recule d'un pas. Elle distingue le contour d'une silhouette vêtue de noir qui se déplace furtivement.

Le cœur battant, elle s'enfuit à toutes jambes. L'ennui, c'est qu'elle ignore si elle court dans la direction du bateau. «Si seulement j'avais laissé quelqu'un me raccompagner!» pense-t-elle, affolée.

Elle jette un coup d'œil par-dessus son épaule. Il y a bel et bien quelqu'un qui court derrière elle et qui gagne du terrain.

Sandrine a entrevu la silhouette brièvement; son poursuivant semble vêtu d'un ensemble molletonné noir. Elle n'a pas pu voir son visage caché sous une cagoule du type que portent les skieurs quand il fait très froid, avec des ouvertures pour les yeux et la bouche seulement.

C'est à ce moment-là qu'elle comprend qu'elle a raison d'avoir peur. On ne s'habille pas comme ça pour le plaisir. Cette personne lui veut vraiment du mal et veut s'assurer qu'elle ne sera pas reconnue.

— Au secours ! hurle Sandrine.

À bout de souffle, elle tourne au coin d'une rue. Tout au bout, elle aperçoit le *Mystique*.

Sandrine n'a jamais éprouvé un tel soulagement ! Elle continue sa course malgré le point de côté et ses pieds qui lui font mal.

Elle parcourt le dernier pâté de maisons quand elle remarque que le bruit de pas a cessé derrière elle. Elle ralentit et se retourne. Il n'y a personne.

Sandrine s'arrête et met ses mains sur ses genoux pour reprendre son souffle.

Elle lève les yeux juste au moment où la silhouette vêtue de noir surgit d'une ruelle entre elle et le bateau.

Sandrine pousse un cri strident et fait un saut de côté. Son agresseur bondit vers elle et lui passe quelque chose par-dessus la tête.

Une fine chaîne se resserre autour de son cou.

— Qu'est-ce que vous voulez ? demande-t-elle d'une voix étranglée.

— Tu n'aurais pas dû nous trahir ! siffle l'agresseur à son oreille.

— Qui ? Qui ai-je trahi ?

— Il est trop tard. Je ne te laisserai pas lui faire de mal ! dit la voix grinçante.

Cette fois, la chaîne se resserre jusqu'à lui bloquer la respiration. Sandrine essaie de tirer dessus avec ses doigts pour obtenir ne serait-ce qu'un peu d'oxygène, mais son attaquant est beaucoup plus fort qu'elle. Ses forces l'abandonnent rapidement à mesure que l'air se raréfie dans ses poumons.

Lentement, très lentement, elle se sent glisser vers le sol. La noirceur de la nuit se confond avec celle qui prend soudain toute la place dans sa tête. Les petits cris aigus des rainettes s'affaiblissent, et tout n'est plus que silence.

* * *

David en veut un peu à Sandrine d'être partie comme ça. Il aurait été plus tranquille si elle avait accepté qu'Édith ou lui la raccompagne au bateau. Quant à Nelson, David ne sait pas trop si on peut lui faire confiance.

Le chanteur n'a pas lâché Sandrine d'une semelle ce soir. Même quand ils ne dansaient pas, il n'arrêtait pas de la toucher, comme s'il avait besoin de s'assurer qu'elle était toujours là.

David se dit qu'il y a quelque chose qui ne tourne pas rond chez ce gars-là, mais il ignore ce que c'est.

Après le départ de Sandrine, Nelson et lui se sont disputés pour savoir qui irait la rejoindre. Pendant ce temps, un jeune homme a invité Édith à danser. D'ailleurs, David ne l'a pas revue depuis. Il s'est dit que le couple devait être allé danser dans un autre club. Quant à Nelson, il a fini par en avoir assez.

— Va au diable ! lui a-t-il crié avant d'aller rejoindre les membres de son groupe à *L'Orchidée noire*.

David se retrouve donc seul à sa table en train de siroter un *Coke*. Il pense à Sandrine. Elle doit avoir regagné le bateau à l'heure qu'il est.

« Mais pourquoi penses-tu constamment à elle ? » se demande-t-il tristement. De toute évidence, elle préfère Nelson. D'ailleurs, elle a clairement laissé entendre qu'elle le considérait seulement comme un ami.

David vide son verre, laisse un pourboire à la serveuse et se dirige vers la sortie. À la dernière minute, il décide de faire un détour pour se rendre au bateau. Il n'a pas envie de croiser des passagers qui le reconnaîtront et lui poseront toutes sortes de questions stupides à propos du *Mystique*. De toute façon, ils finissent toujours par lui dire quelque chose comme :

— Vous êtes terriblement jeune pour être officier !

Il en a assez d'entendre la même chanson.

David avance tête baissée, les mains dans les poches. Lorsqu'il lève enfin les yeux en haut d'une côte, il aperçoit les lumières blanches et vives du port qui éclairent les lignes pures du *Mystique*.

— Non !

Un cri étranglé résonne dans la nuit. David plisse les yeux. Deux personnes luttent à l'entrée d'une ruelle. Il entend la respiration difficile de quelqu'un qui suffoque, de même que celle, haletante, de quelqu'un qui traîne un corps affaibli dans l'ombre.

— Hé ! arrêtez ! crie-t-il en dévalant la pente.

L'agresseur lâche son fardeau et s'enfuit à toutes jambes derrière une allée d'arbustes. La victime s'affaisse sur le pavé.

David accourt et s'agenouille à côté d'elle. Étonnamment calme, il reconnaît la robe bleue fleurie.

— Sandrine, souffle-t-il en repoussant quelques mèches folles sur son visage.

Lorsqu'il la tourne sur le dos, elle cligne des yeux pendant un instant.

— Je ne peux pas...

Sa voix est grinçante, presque inhumaine. On dirait des ongles qui crissent sur un tableau.

— Ne parle pas. Je te ramène au bateau.

Lorsqu'il la soulève, Sandrine s'accroche mollement à son cou, au bord de l'évanouissement.

— Hé ! qu'est-ce que tu fais ?

David reconnaît tout de suite la voix de Nelson.

Les membres de son groupe traînent derrière lui. Le batteur se tient tout près de Nelson, comme s'il voulait lui prêter main forte au besoin.

— Elle s'est fait attaquer, répond David entre ses dents.

— Quoi ? s'écrie Nelson. Tu ne me racontes pas d'histoires, j'espère ?

— Regarde-la, idiot ! rugit David.

Il traverse la rue sans tenir compte des scootéristes qui klaxonnent au passage.

— Je vais la porter, dit Nelson.

— Oublie ça.

— J'ai dit...

— Ferme-la! D'ailleurs, je ne serais pas surpris que ce soit toi ou un de ceux-là qui lui ait fait ça, dit-il en désignant les musiciens d'un coup de tête.

Nelson reste figé au beau milieu de la rue, bouche bée.

— Si tu veux te rendre utile, ajoute David, va trouver l'officier sur la passerelle. Dis-lui de demander au médecin de se rendre à l'infirmerie.

Nelson recule de quelques pas et regarde David d'un air provocant. Puis il tourne les talons et court vers le bateau.

* * *

Sandrine nage dans les profondeurs des ténèbres. Graduellement, elle remonte à la surface.

Un visage apparaît devant ses yeux et lui sourit.

— Te revoilà parmi nous, dit le lieutenant Mitchell d'un ton désinvolte.

— Je...

Mais les mots ne parviennent pas à franchir l'étroit passage qu'est devenue sa gorge.

— Ne parle pas si ça te fait mal. Le médecin a dit que tu ne te réveillerais pas avant demain matin. J'ai décidé de rester au cas où il se tromperait. Veux-tu que je l'appelle?

Elle secoue la tête et désigne le calepin sur les genoux du lieutenant.

— Je me suis dit qu'on en aurait sûrement besoin, dit Mitch qui sourit en se levant.

Sandrine se demande comment il peut paraître aussi calme alors qu'on vient de tenter de la tuer. Puis elle se dit que c'est probablement l'attitude qu'on leur dit d'adopter pour calmer les victimes d'actes criminels.

Elle s'empare du calepin et du crayon que Mitch lui tend.

Quelqu'un a essayé de me tuer, écrit-elle en lettres majuscules.

— Je sais, dit-il. David m'a tout raconté. C'est lui qui t'a ramenée ici.

Où est-il ? écrit-elle.

— David ? Sur le pont. Je l'ai envoyé travailler. Il était en train de nous rendre fous, le docteur et moi, à force de faire les cent pas.

Il sourit.

— Est-ce qu'il y a autre chose que tu veux me dire ? Par exemple, pourrais-tu décrire la personne qui t'a attaquée ?

Sandrine respire à fond. C'est si bon d'emplir ses poumons d'oxygène ! Elle pose le calepin sur le lit, exaspérée par la lenteur du processus.

— Je n'ai pas vu le visage du gars, chuchote-t-elle.

— Du gars ? répète Mitch en se penchant vers elle.

Sandrine acquiesce d'un signe de tête.

— Il portait une sorte de passe-montagne et un ensemble molletonné.

— Tu es certaine que c'était un homme ?

Sandrine réfléchit un instant.

— Je n'en suis pas sûre, non.

— As-tu vu ses mains ? Les hommes ont généralement du poil au dos de la main.

— Je... je ne sais pas. Je n'ai pas remarqué. Il... enfin, cette personne m'a attrapée par-derrière avec une corde. Non, c'était plutôt une chaîne ou un accessoire de pêche. C'était quelque chose de fin, mais de très solide.

Elle ferme les yeux et revoit la scène d'horreur. Elle se sent terriblement étourdie, mais c'est peut-être à cause des médicaments que le médecin lui a donnés.

— S'il vous plaît, est-ce que je peux me reposer maintenant ?

— Bien sûr. On reparlera de ça plus tard.

Elle entend Mitch se lever et faire quelques pas.

— Sois tranquille. Tu es en sécurité ici, murmure-t-il.

« En sécurité », pense-t-elle. Mais pour combien de temps ?

Rien ne va plus sur le magnifique paquebot le *Mystique*.

Sandrine, engagée pour l'été comme préposée aux cabines, voit sa vie se transformer en cauchemar.

Lors d'une escale à Saint-George, aux Bermudes, comme elle déambule seule dans les rues de la ville, un mystérieux agresseur tente de l'étrangler.

Heureusement, David, le jeune officier en stage sur le bateau, passe par là. Immédiatement, il vient à son secours.

Sandrine se sent très nerveuse et sa peur augmente de jour en jour.

Des dangers la menacent, c'est sûr !

Ce qui, au départ, s'annonçait comme un amour de vacances banal, semble se transformer peu à peu en un flirt terrifiant avec la mort.

Deux personnes voyageant à bord du luxueux paquebot le *Mystique* perdent la vie de façon mystérieuse.

Sandrine, la préposée aux cabines, frémit de peur en se rappelant l'agression dont elle a été victime lors d'une escale à Saint-George, aux Bermudes.

Elle sait maintenant que le tueur est à bord.

Mais le connaît-elle ? S'agit-il d'un nouvel ami ? D'un admirateur ? Du jeune homme avec qui elle a échangé un baiser au clair de lune ?

Chose certaine, Sandrine en sait trop... Et l'assassin va tout mettre en œuvre pour qu'elle découvre jamais la vérité.